現代語訳

江戸川柳の抒情を楽しむ

東井 淳

新葉館出版

江戸川柳へようこそ

江戸川柳と言えば、とかく、風刺や諧謔を主体とするおかしさだけが強調されがちであるが、実際には詩的抒情あふれる現代的作品が数多く存在しているのである。

本著は、江戸川柳の句集「川柳評万句合《せんりゅうひょうまんくあわせ》」、「初代川柳選句集《せんくしゅう》」六種、「柳多留拾遺《やなぎだるしゅうい》」および「新編柳多留《やなぎだる》」において、総句数およそ十二万句の中から、現代川柳作家の視点で約一千句の佳句を抜粋して集大成したものである。

江戸の古川柳の世界をたっぷりと味わっていただければ幸いである。

筆者

現代語訳

江戸川柳の抒情を楽しむ

目次

江戸川柳へようこそ

第一章
「川柳評万句合」
宝暦七丑年（一七五七年／川柳四十歳）～寛政元年（一七八九年／川柳七十二歳）…… 9
初代川柳以後の川柳（一）…… 100

第二章
「初代川柳選句集」明和四戊年（一七六七年）…… 109
初代川柳以後の川柳（二）…… 132

第三章
「柳多留拾遺」享和元酉年（一八〇一年）…… 141
江戸後期から明治初期の川柳…… 164

第四章
「新編柳多留」天保十二丑年（一八四一年）…… 171

あとがき――解説をかねて…… 253
付録　原句索引…… 263

現代語訳

江戸川柳の抒情を楽しむ

凡　例

一、本書は「川柳評万句合《せんりゅうひょうまんくあわせ》」、「初代川柳選句集《せんくしゅう》」六種（「さくらの実《み》」、「川傍柳《かわぞえやなぎ》」、「藐姑柳《はこやなぎ》」、「やない筥《ばこ》」、「柳籠裏《やなぎごり》」、「玉柳《たまやなぎ》」）「柳《やなぎ》多留拾遺《たるしゅうい》」、「新編柳多留」の中からの抜粋である。

一、原典は次の著書を用いた。

・「川柳評万句合」：近世庶民文藝研究会「川柳評万句合」全三十三冊　孔版　昭和二十四年～二十九年

・「初代川柳選句集」：千葉治校訂「初代川柳選句集」岩波文庫　一九九五年

・「柳多留拾遺」：山澤英雄校訂「柳多留拾遺」岩波文庫　一九九五年

・「新編柳多留」：大坂芳一校訂「新編柳多留」第一集～第四十集　大平書屋蔵版　昭和五十九年～六十二年

一、配列は年代順とし、各句集ごとに分けた。

一、句の掲載については、原則として、句、作者、出典の篇数または集数（和数字）および丁数（洋数字）とし、さらに下に注釈を付けた。

一、出典および年号については次のように略記した。

・「川柳評万句合」：年号については「宝」は「宝暦」、「明」は「明和」、「安」は「安永」、「天」は「天明」、「寛」は「寛政」の略。次の和数字は開催年。その次の「天・満・宮・梅・桜・松・仁・義・礼・智・信・鶴・亀」の漢字は開きの合印《あいじるし》。最後の洋数字は枚数である。例えば、「宝九礼2」は「宝暦九年、合印礼の二枚目」を表わす。

・「初代川柳選句集」：「さくらの実」は「桜」、「川傍柳」は「傍」、「藐姑柳」は「藐」、「やない筥」は「筥」、「柳籠裏」は「籠」、「玉柳」は「玉」と略。例えば、「傍二－12」は「川傍柳」第二篇第十二丁を表わす。

・「柳多留拾遺」：「拾」と略。例えば、「拾三－15」は「柳多留拾遺」第三篇第十五丁を表わす。

・「新編柳多留」：「新」と略。例えば、「新二十一－12」は「新編柳多留」第二十一集第十二丁を表わす。

一、作者名は「川柳評万句合」と「柳多留拾遺」には記載がない。

一、句の表記は現代表示に書き改めた。なお、原句は巻末索引として掲載した。

一、解釈の助けとして下段に注釈を付けた。対応する洋数字は上段の句に付記されている番号である。出典において和数字と洋数字のみのものは「誹風柳多留」の篇数と丁数である。

一、掲載句の中に不快語や差別語的語句が数例見られるが、歴史書の紹介であるので、そのまま掲載したことをご了承願う。

第一章

川柳評万句合

「宝暦七丑年（一七五七年）」（川柳四十歳）～

「寛政元年（一七八九年）」（川柳七十二歳）

降る雪の白きを見せぬ日本橋※1　宝七・八・廿五

大根はいずれ世帯の料理草　宝七・九・五

無い時は喰っていながら有る時は　宝七・九・一五

銭湯へ※2祭りの顔を連れて入る　宝七・九・一五

世の義理は人に知らせぬ花を折り　宝七・九・廿五

1◎初回「万句合」第四句目の有名句。前句は「にぎやかなこと　にぎやかなこと」で、橋の上に雪が白く積もらないほど人通りが激しい様子を表現したもの。当時、江戸は世界第一の大都会であり、訪れた外国人は日本橋の賑やかさに驚いたことが記されている。ちなみに、初回の「万句合」の第一句目は「御家老の出るを女中は待ち兼ねる」、第二句目は「五番目は同じ作でも江戸生まれ」。第二句目の「五番目は」の句は「柳多留」初篇冒頭の句となった。

2◎銭湯《せんとう》は江戸では湯屋《ゆうや》または銭湯、大阪では風呂屋と言い、幕末の入浴料は十文であった。

町並みの軒を縫い縫い飛ぶ蛍※3　宝七・十・五

身に花が咲かねば通う蝶もなし　宝七・十・五

風の夜は蛍も空を灯しかね　宝七・十・廿五

行く連れの先生が来てなんのかの※4　宝七・十一・五

何もかもみんな私が飲み込みさ　宝七・十一・五

3◎蛍を題材にした句は数多く詠まれており、次々句や後出の「宝十一桜3」「天三・八・五」などを参照。

4◎先生や師匠と言われる人は現実離れをしているもののようで、「拾九−26」などがあるが、「柳多留」にも「師匠様一日釘を直してる　福松　五三−27」。

名を惜しむ細工は時の気佟にし　宝七・十一・五

麦飯も昔になればうまい事　宝七・十二・十五

ぶつぶつと言うて十万億土まで※5　宝七・十二・十五

居酒屋は立っているのが馳走なり　宝八・八・十五

師の恩※6は目と手と耳にいつまでも　宝八・八・廿五

5◎十万億土は極楽浄土のこと。

6◎前々の注釈参照。

稲妻のその行き先を尋ぬれば※7　宝八・九・十五

気にそまぬ座敷へ響く上草履※8　宝八・九・十五

両親も養う顔の美しさ　宝八満

一は喰い二は本能に使われる　宝八宮

引き白の目は諸々《もろもろ》を噛み砕き　宝八梅

7◎「稲妻」は稲の妻。雷が多い年は豊作とされる。「柳多留」初篇に「稲妻の崩れようにも出来不出来　初―15」という名吟があるが、「明七梅1」などを参照。

8◎遊女は素足に分厚い上草履を履いたが、階級によって厚さが違っていた。気にくわない客が待つ部屋へは草履の音が荒っぽく響くのである。

暮れそめて花の外には星ばかり
宝八桜2

川風を売り物にする江戸の夏
宝八桜3

灯し火が消えてあたりに人もなし
宝八松

子を借りて淋しさを抱く夕間暮れ ※9
宝八松

れて居てもれぬふりをしてられたがり ※10
宝八鶴

9◎子供を亡くした母親であろう。哀感のある佳句である。

10◎謎句として特に有名な句である。「れて」の前に「ほ」を入れて「惚れて」とし、以下同じく「惚れぬ」「惚れられ」とし、その機知に富んだユーモアを味わって欲しい。

あの年で何となされて物とやら　宝八・十二・十五

かみ様にさびしき目をもさせなさい　宝八・十二・十五

一人角力石はまさしくここにあり　宝九・閏七・一五

命ある内には枯れぬおもい草※11　宝九・閏七・廿五

長い文うなずく場所は一所《ひとところ》　宝九・八・五

11◎「思草《おもいぐさ》」は物思いするように見えるということからナンバンギセルの古名であるが、また、ススキとタバコの別名でもある。原句は「おもひぐさ」と平仮名になっているので「思種《おもいぐさ》」として物思いの種と解釈した方がよいかもしれない。

死ぬことを軽く請け負う女あり　※12　宝九天

田舎からほっと来ました久しぶり　宝九天

鴛鴦《おしどり》の同じ流れの身をうらみ　宝九天

霊棚《たまだな》に母の細工の放れ駒　※13　宝九満

仏にもなりそうにして鬼になり　宝九桜

12◎近代的な外的情念句に匹敵する秀吟。

13◎霊棚《たまだな》は盆に先祖の霊を安置する棚。精霊棚《しょうりょうだな》。野菜か果物で馬を作ったのであろう。

狩人の子で人並みに生まれつき　宝九桜

かんざしを鍬に使って桜草※14　宝九松

海山も動かす魚の息づかい　宝九松

花よりも人は落ち葉を見るがよい※15　宝九仁

養生に座敷を一里歩きけり　宝九義

14◎当時の江戸において、遊女や上流階級の女性の間に桜草の鉢植えを飾って楽しむことが流行した。その鉢植えを売り歩く行商人がいた。例句を挙げると、「さくら草春の錦の小切れなり　梅舎　二一ース7」。「玉ー7」参照。

15◎処世訓的な句。関連句として「風が笛吹けば木の葉が舞をまい　辻木　七二ー11」

髪もよく結うて患う人もあり　宝九礼1

禁酒して一人淋しくかしこまり※16　宝九礼2

乗り合いの船傾かす水車※17　宝九智2

病み上がりそろりそろりと紅粉《べに》が減り　宝九信

遠くから何ぞ言いたい立ち姿　宝九鶴

16◎下五が「かしこまり」というのはよく見られる形である。一例を挙げると「猫背中ろの字のなりにかしこまり　梅守　七六－35」。

17◎水車は当時の重要な動力源で価値の高いものであり、多くの佳句が存在する。一例を示すと「くたびれたように日照りの水車　雪山　一一四－11」。「天五信5」を参照。

美しいほど気違いのあわれなり※18　宝九鶴

この罪を残して置きしおそろしさ　宝十天1

たいまつも律儀に持てば煙ったく　宝十天1

振り袖も内にいること二十年　宝十宮1

年寄りがまた叱られる台所　宝十梅2

18◎「明四梅3」「安五義3」など参照。

まずそうに蕎麦喰うロの美しさ ※19
宝十梅2

献立に豆腐は時を失わず ※20
宝十桜1

神主の話し相手はただの人
宝十桜3

人形の涙は人がこぼすなり ※21
宝十松1

奉加帳久しい顔を持って来る
宝十松1

19◎蕎麦が現在のような蕎麦切りとして登場したのは江戸の初期であるが、二八そばと言われる一杯十八文のその値段は江戸時代を通じてほとんど変わらなかった。江戸は極めて物価の安定した時代であった。「明五仁2」参照。

20◎肉を食べなかった江戸時代、豆腐は大切な蛋白源であった。天明二年（一七八二年）には豆腐の百通りの料理法を書いた「豆腐百珍」という本も出版されている。「新三十二ー20」「新三十七ー18」参照。

21◎現代的抒情性を持つ抽象句である。

西瓜喰う娘の口のむずかしさ ※22　　宝十松2

一代に話しの多い男なり　　宝十松3

腹の立つ時はこよりも堅くでき ※23　　宝十松3

我が跡のしばらく動く縄すだれ ※24　　宝十松3

初雪を患う母へ盆で見せ　　宝十義1

22◎西瓜は江戸初期に中国から伝わった。始めは赤い実が血肉に似ているというので嫌われたが、後に一般に食べられるようになった。

23◎腹の立つときはいろいろなことがうまく行かないものである。「腹の立つ火箸は灰へ深く入り　一四三—13」「腹立てて出る傘の開き過ぎ　貫山　別・上—4」など。

24◎縄すだれ、竹すだれなど種々の簾《すだれ》を詠んだ句も多くあり、この句には「安九桜3」に類句がある。他に「桜7」など。

追いついて見れば普段の女なり　宝十義2

七変化顔にやるせはなかりけり　宝十義2

寒念仏《かんねぶつ》※25われより人が淋しがり　宝十義3

しげしげと我が妻に飽く五月雨　宝十礼1

村中の智恵を集めて仲直り　宝十礼1

25◎「寒念仏」は「かんねんぶつ」と「かんねぶつ」の二つの読み方があるがこの場合はもちろん五文字の「かんねぶつ」。このように二つの読み方がある場合は単純であるが、字余りの語句の読み方に関しては江戸川柳においていくつかの約束事がある。例えば「百人一首《ひゃくにんいっしゅ》」を「ひゃくにんしゅ」、「玄関番《げんかんばん》」を「げんかばん」などである。逆に字足らずの場合は伸ばして発音するものがあり、「金魚《きんぎょう》」（傍初－3）や「蜻蛉《とんぼう》」などである。「寒念仏」は寒中三十日間、念仏を唱えながら巡業すること。

初雪をちと貰う手の美しさ　宝十礼3

着替えるというが女の病いなり　宝十礼1

尼は子を侍らしく育て上げ　宝十智2

あんなのにそれは女が惚れるもの　※26　宝十智2

また何ぞ言いたい顔でしぐれ空　宝十一・八・五

26◎「宝八鶴」や「拾二―13」などを参照。

草庵[※27]へ村の頭痛を持って来る　宝十一天1

おもしろく風を受け取る瓦葺《ふ》き　宝十一満2

遺言[※28]の一人一人にすごくなり　宝十一宮1

金に成る泪は袖がはなされず　宝十一宮2

売っておく顔を気侭に持ち歩き　宝十一桜1

27◎草庵、草の庵、庵主などの句は度々見ることができる。「草の庵留守へ行脚の置き手紙　帆布　一二三・別ー5」や「明元梅1」「新三十四ー23」など。

28◎遺言はむしろ遺される方にとって一大事。その悲喜こもごもを詠んだ句は数多い。「宝十二宮1」「宝十二礼1」「明二梅1」「明二礼6」「明五仁2」など。

習ったを後の師匠に※29邪魔がられ　宝十一桜2

熱そうに蛍※30をつかむ娘の子　宝十一桜3

淋しさをかけ合いに鳴くきりぎりす※31　宝十一松2

美しい顔にはしわも遅く寄り　宝十一松2

笑うても笑うてもまたおかしがり　宝十一松3

29◎「宝七・十一・五」参照。

30◎蛍を詠んだ古川柳のなかで秀逸とされる句であり、子供の素直な情景が見事に表現されている。「宝七・十・五」を参照。

31◎江戸川柳において小動物を描写した作品はたくさんあり、俳句の一茶にひけを取らないほどである。登場するものとしては、犬、猫、鶏、金魚、時鳥《ほととぎす》、蛙、蜻蛉《とんぼ》、蟻、蠅、蝶、虻、蜘蛛、泥鰌《どじょう》、鰻など多種多様で、鋭い観察眼でその生態を活写している。それは現代への風刺と捉えてもよいほどである。きりぎりすの句も多く、一例を挙げると「草市にうろたえて鳴くきりぎりす　二一36」。

淋しさを人の背中へこすり付け　宝十一松3

様々の人が通って日が暮れる[※32]　宝十一仁2

振り袖でゆっくり一人日を暮らし　宝十一仁3

切れ文[※33]の果ては淋しい鶴を折り　宝十一仁3

呵られて立ちかねている美しさ　宝十一義2

32◎近代的な詩情を持つ秀句であるが、これより前の俳諧の高点附句集「俳諧武玉川」にほぼ同じ次の句が存在している。「様々な人が通って日が暮れる　武初-18」。

33◎切文《きれぶみ》は絶縁状。

風おこる時は張り子も首を振り　宝十一義3

焼け土の瓦の匂う通り雨※34　宝十一義3

母親に※35三百日の苦労あり　宝十一礼1

かんざしは気の定まらぬさし所　宝十一礼2

くたびれた女犬を男犬とりまいて　宝十一礼2

34◎通り雨はひとしきり降ってすぐ止む雨であるが、古川柳において、さまざまな雨が詠まれいる。「片時雨《かたしぐれ》」「袖時雨《そでしぐれ》」「横時雨《よこしぐれ》」などいずれも風情のある抒情吟が残されている。　例えば「晴れぬ身を濡らす格子の袖時雨　迚茂　一〇七―24」や「新二十一―13」など。

35◎江戸川柳において、息子に対して母親は甘く父親は厳しいというのが一般的なパターン。自分の腹を痛めたからであるというのがこの句の意図するところであろう。

うちわ売り風を荷にして汗をかき[※36]　宝十一智1

似た人に馳走してやる恋病い　宝十一智2

美しい顔でもただの勤めなり　宝十一智3

女気を立てて淋しい袖を振り　宝十一智3

いろいろな泪をこぼすかたみ分け[※37]　宝十一信3

36◎江戸の町中はいろいろな行商人が物を売り歩いていた。「卵売り」「目高売り」「虫売り」「水売り」「みかん売り」など何でもあり、結構それでお互いに生活ができたのである。この「うちわ売り」には「新二十二－20」に類句。

37◎前述の「遺言」同様、形見分けにも人間の本性を鋭く描写した名句が多い。最も膾炙している句は「泣き泣きも良い方を取る形見分け十七－44」。「宝十二松4」参照。

模様から先へ女の年が寄り　宝十一鶴1

地獄にもりくつの悪い鬼※38はなし　宝十一鶴2

美しくふる双六※39のおそろしさ　宝十二満1

言わぬ恋畳の跡があたたまり　宝十二満1

侍は腹の減るのもきれいなり　宝十二満2

38◎鬼は人に災いをもたらす恐ろしい怪物であるが、古川柳における鬼は、鬼そのものよりも人間の残酷さを表す比喩として使用され、反面、人の弱さを写し出して哀感すら帯びている。いくつかのすぐれた詩的抒情句があり、その例を示すと「悲しくてならぬに鬼になれという　一七-15」「鬼の目にも己れが心哀れなり　タイソ　六九-28」「人間の面をと鬼の子はねだり　雨川　一五五-5」など。

39◎双六《すごろく》には絵双六と盤双六があるが、江戸中期以降は絵双六が普及した。仏法双六、官位双六、浄土双六、道中双六など様々な種類があり、子供や女性の間に人気があった。ただし、江戸時代においては賭博の一つとして流行したので、これはそのことを言っているのかもしれない。

遺言の金※40はあわれを消してのけ
宝十二宮1

かくれんぼ一寸ねむった立ちすがた
宝十二宮2

障子張り男の心内へ透き
宝十二梅3

四十一※41ふしょうぶしょうに年を取り
宝十二桜1

仕立て物患う妻に着て見せる
宝十二桜1

40◎前出「宝十一宮1」を参照。

41◎男の厄年は二十五、四十二、六十であるが、そのなかで四十二が大厄、四十一は前厄である。ちなみに、女性の厄年は十九と三十三で三十三が大厄。関連句として「明元智4」。

いつ行って見てもつくえに寄りかかり　宝十二松3

かたみにはおかしなものがあわれなり※42　宝十二松4

なつかしい文には筆をおしくとめ　宝十二仁1

つらいめにあうほど恋に意地ができ　宝十二仁5

真実※43は淋しい道を聞いて行き　宝十二義1

42◎前述の「宝十一信3」参照。

43◎「真実」も古川柳にはよく用いられている言葉。「看病の真実顔にあらわれる　佃　一一四－23」や「拾三－6」など。

福引き[※44]はおかしい中に欲があり　宝十二義3

江戸へ出てそろそろ塩があまくなり　宝十二義4

先生[※45]の座敷四角に開けて置き　宝十二義5

五十年よく納まりし無筆なり　宝十二義5

遺言[※46]にむずかしいのは鍵ひとつ　宝十二礼1

44◎福引は庶民の間に人気があったが、福富や宝引《ほうびき》などと並んで賭博性があったので幕府は再三、禁止令を出している。なお、宝引とはたくさんの紐の端に景品を結び付けて、他端を引かせて物品を取らせるもので「宝引のように鵜飼いの綱さばき　高麗　一三三―19」。

45◎「宝七・十一・五」参照。

46◎これも遺言の句。「宝十一宮1」参照。鍵の佳吟としては「情のある女で鍵をまかせてる　瓦合　五五―19」があり、掲出句と合わせて味わうと意味深長である。

しかられてもう見苦しい三十九　宝十二礼2

あわれさは狂う時には男なり※47　宝十二礼3

売った日を命日よりも淋しがり※48　宝十二智2

さまざまの紙を綴じ足す旅日記※49　宝十二智2

魂は夫を待たす寺へ行き　宝十二智3

47◎「宝九鶴」参照。

48◎悲しみのある何とも切ない句。従来より、古川柳の名吟として名高い。

49◎旅日記や道中記はしばしば取り上げられる題材。「拾二一3」や「拾二一4」など。

おろす時凧にある字が読めて来る　宝十二智3

池の端女一人は物すごし　宝十二鶴2

美しい形《なり》で孔雀※50の歌知らず　宝十三天1

天と地のために牛馬はあわれなり　宝十三天1

雪見には皆あたたかな人だかり　宝十三天1

50◎孔雀は江戸初期の寛永頃、見せ物として客を集めた。鶯などのように歌わないのである。

51◎古川柳において、「車」は乗り物の車そのものの他に種々の意味があり、この場合は風車である。鬼子母神で有名な雑司が谷の法名寺では風車を売っており、次句が有名。「風車子持ちの神が売りはじめ　カテウ　二八‐25」。また、次の句は肩車の場合である。「神前へ車で参る七五三　宝七智4」。

くるくると裏屋をまわる車あり※51　宝十三梅1

運ばせて呑もうばかりに本を読み　宝十三梅2

泣きぼくろ女に有るはおもしろい　宝十三梅2

禅僧は浅草海苔の姿あり※52　宝十三梅2

ひきがえる※53口上を言う姿なり　宝十三桜2

52◎浅草海苔《のり》は江戸時代には江戸前と言われた東京湾で大量に採れ、江戸の名物であった。その独特の薄さが人気で、その高度な漉《す》きの技術は、浅草紙と言われる古紙の再生の技術を応用したものであった。ちなみに、浅草と隣り合う吉原遊廓での素通りの見物客を「冷やかし」と称したが、これは紙の製造のときの原料の冷えるまでの間、職人が遊女を見物して歩いたことから言われるようになったとされる。

53◎蛙は前述(「宝十一松2」)のように江戸川柳に数多く登場し、その愛敬ある伝道者的風貌で楽しませてくれる。一例を挙げると「がくぜんとまたたきをするひきがえる　海月　一〇一ー21」。「天二満2」参照。また特に、芭蕉の「古池や」の句をもじった狂句調の作品が多数存在しており、例えば、「古池は世界へひびく水の音　柳雫　三九ー25」。

寝返りて聞けども同じ水の音
宝十三松1

還俗《げんぞく》の相談相手うつくしき
宝十三松1

女房は女ていしゅはおとこなり
宝十三仁1

ため息の一町※54ずつに美しさ
宝十三仁2

ほれられた日は一生のよい天気
宝十三仁4

54◎一町または一丁は六十間すなわち一〇九メートル。「安八礼1」を参照。

病人の数珠を友だち叱って来　宝十三仁5

芝の鐘※55ときどき海をまたぎ越し　宝十三義3

鬼※56のゆび皆いんぎんにうまれつき　宝十三礼2

病み上がりひと色ずつにゆるされる　宝十三礼5

そこら中歩くを妻の願いなり　宝十三智2

55◎芝の鐘は増上寺の鐘のこと。

56◎「鬼」については「宝十一鶴2」を参照。

近道のあるに廻りを思う仲

宝十三智4

連れにして淋しいものは妹なり

宝十三智5

鐘突きの足跡ばかり寺の雪※57

宝十三信1

市の人人より出でて人に入り※58

宝十三鶴1

病身はとかく話を聞くばかり

明元梅1

57◎関連句に「雪にまだ足跡もなき峯の寺　木賀一一五‐22」。「新五‐12」に同句あり。

58◎詩情ある近代性を持つ秀吟。江戸川柳にもこのようなすばらしい句があることを再認識する必要があろう。

ともし火の度々消える草の庵 ※59　明元梅1

もの思い団扇を重く蠅を追い ※60　明元梅2

もらわれた夜はことさらに美しい　明元桜1

内にいる姉らんちゅうの身ぶりあり ※61　明元桜4

豊年は村でも嫁をたんと取り　明元桜4

59◎「宝十一天1」を参照。

60◎蠅も江戸川柳によく現れる小動物。最も有名な句は「蠅は逃げたのに静かに手をひらき　一六−2」。掲出句と関連して「拾四−2」がある。

61◎「らんちゅう（蘭鋳）」は金魚の高級品種。背びれがなく全体が丸い形をしている。金魚は室町時代に中国から移入され、江戸時代においてはその飼育が盛んであった。

素人の真似して遊ぶ役者の子　明元仁4

貸し本屋にこりにこりと見て歩き[※62]　明元仁5

草刈りの子へのみやげはきりぎりす[※63]　明元義1

将棋好き向こうの駒もならべたり　明元義2

おもしろく辞世が出来て死にたがり[※64]　明元義4

62◎貸本屋もまた書物を背負って町を貸し歩いた。江戸は行商の町でもあった。「宝十一智1」を参照。

63◎「宝十一松2」参照。

64◎川柳の真髄である諧謔とおかしみを持つ佳句。

四十一そろそろこわくなり始め※65　明元智4

狩人は犬とときたま話をし　明元智5

日のあたる戸は美しく借りられる　明元鶴1

掃除好き角《すみ》でほうきの忙しさ　明元鶴5

盃を団扇で渡す涼み台※66　明元亀3

65◎「宝十二桜1」を参照。

66◎涼み台は古川柳にとって重要な小道具。「拾初-16」が現代的感覚を持つ秀句とされるが、他に「星の名を二つ覚える涼み台　一徳　二七-20」など佳作が多い。

旅のるす日和のよいを話し合い　明元亀3

歌の会また格別な顔ばかり　明二満1

年忘れ少しはやけも混じるべし　明二満2

まな板を膳にして喰う料理人※67　明二満2

行水の片手に避けるきりぎりす※68　明二宮1

67◎料理人もよく出てくる言葉。「客を切るように数える料理人　如扇　一三一3」という名句があるが、その他には「天五宝3」「拾初一36」など。

68◎「宝十一松2」「明元義1」など参照。

一人ずつつくねんとして美しき　明二宮2

思案するように重荷をしょって行く　明二宮4

御造営また急度した稲光り※69　明二梅1

ひっそりとして遺言を聞いている※70　明二梅1

角力取りゆらりゆらりで強く見え※71　明二梅4

69◎関連句として後の「明七梅1」を参照。

70◎「宝十一宮1」参照。

71◎古川柳においては相撲の力士は気は優しくて力持ちとして描かれており、角力取りあるいは関取りと呼ばれて、優れた句が多い。「安五松2」「天三・八・十五」「新十五－8」「新二十四－27」など。

笑うたりまた隠れたり招いたり　明二桜4

草市※72はただくれそうなものばかり　明二桜4

横柄を聞きなれている古道具屋　明二仁1

懐剣を抜くかとおもう能の笛　明二仁5

人の形《なり》まだ定まらぬ秋なかば※73　明二義1

72◎草市《くさいち》は盂蘭盆会《うらぼんえ》に必要な品物を売る市で、七月十二・十三日に江戸の各所に立った。題材の性格から生真面目になるのであろうか、人生の無常感を漂わす心象句的作品が多数ある。そのなかで随一とされる句は「草市ではかなきものを値切りつめ　三-15」。他にも「拾初-20」など佳句が多い。

73◎俳諧的趣きを持つ味わいのある句である。「形」に「形り」と送り仮名が付されている。有名な「子が出来て川の字なりに寝る夫婦　初-4」の原句も同じく「形り」である。

仁王様ねじって見ろの腕っつき　　明二義5

遺言※74の次第々々に低くなり　　明二礼6

妹もにわかに意地が悪くなり　　明二礼6

友達の寄るもさわるも二十四五※75　　明三天1

すす取りの顔を男にかくしけり　　明三天1

74◎「宝十一宮1」を参照。

75◎二十四五才頃は人生の一つの曲がり角であるが、音数が五音ということもあってよく使用される数字である。戦後の川柳の六大家の一人である岸本水府にも「何もかも紙屑にした二十四五」という句がある。「明三梅5」「明三松2」参照。

草市[※76]に見たが娘の本の顔

明三天1

友達が帰ると妻は言う気なり

明三満2

見に来るか来るかと日々に新たなり

明三宮2

ほおずき[※77]のころころころころと頬で鳴り

明三宮3

顔一つ二つに遣う美しさ

明三梅1

76◎草市については「明二桜4」を参照。

77◎子供の玩具としてほおずき(鬼灯)は人気があり、その句も多い。「鬼灯のかん所を吹く糸切り歯　木卯　八二―36、同　八三―55」、「新十―13」など。

飼い犬に吠えらるるのも二十四五 ※78　明三梅5

こらえかねこらえかねての短慮なり　明三梅5

あらかじめ見てから呼ぶか今の風　明三桜2

二十五はおやじへ損をかける年 ※79　明三松2

飼い猫も繋ぎようにてあわれなり ※80　明三松4

78◎「明三天1」を参照。

79◎同前。

80◎当時の猫は通常、繋がれて飼われていた。

上がっても悪いと帰るなどと言い　明三松5

山一つ越して故郷を思いきり　明三仁2

尺八を父の墓にてしばし吹き　明三仁2

女房※81に惚れて家内は静かなり　明三仁7

我がもののように質屋は畳むなり　明三義2

81◎古川柳における夫婦の呼び方の組み合わせは、一般的には、亭主と女房、旦那と御新造《ごしんぞう》、殿様と奥様としてよいであろう。ただし、女房は公家や武家に仕える侍女という場合があり、また単に新造となると吉原の遊女に仕える女の子となるので適宜解釈する必要がある。

一日の機嫌はじめは髪の出来　明三義2

吹き消せば我が身に戻る影法師※82　明三義4

そのくせに帰ろうとすりゃ帰しゃせず　明三義6

お忍びに車※83は事が大き過ぎ　明三信1

お花見※84に一日のびて日の永さ　明三信1

82◎風情のある影法師という言葉も古くから使われており、佳吟が多い。例を挙げれば「足音で二つに割れる影法師　三〇－3」や「明七松1」など。

83◎この「車」は実際の乗り物の車として、現代風に単純に解釈しても通じる作品であるが、この場合は源氏車《げんじぐるま》という紋所のことで、具体的には遊女高尾に執心した大名の榊原政岑《まさみね》のこと。このように古川柳においては何気ないことのように見えてもその裏に歴史的出来事などが隠されている場合が多いので注意が必要と言われるが、それを踏まえた上で、現代的に味わってよいと思う。「宝十三梅1」「安六宮1」を参照。

84◎花見は庶民の最大の娯楽の一つ。桜の名所としては、上野の寛永寺と飛鳥山が有名であった。

目の中へねじこむような卵売り　※85
明三信3

傾城のすねた言葉はきれいなり
明四・三・七

元日の粗相二日にしかられる　※86
明四天1

楽人の不断は無芸らしく見え
明四天1

物おもい琴とならんで寄りかかり
明四天1

85◎卵売りの声は「たまご、たまご」と必ず二声であった。武士の挨拶の「たのもう」と間違えられたという。「宝十一智1」参照。

86◎元日を詠んだ秀句としては「元日の町はまばらに夜が明ける　三〇-1」というのがあり、正月元旦の風景を的確に捉えた句として評価されている。

風の気に入りそうな木は柳なり　明四宮3

赤とんぼ行くのと跡や先になり ※87　明四梅1

誰ぞいるように気違い物を言い ※88　明四梅3

百姓は一かたまりにしかられる ※89　明四松2

傾城の辞世無心の言いおさめ　明四松6

87◎蜻蛉《とんぼ》もよく詠われる小動物。秀句が多く、代表句を示すと「長話とんぼのとまる鑓《やり》の先　初―34」。「宝十一松2」「新三十三―19」を参照。

88◎「宝九鶴」を参照。

89◎「しかられる」を下五とした形はしばしば見ることができ、一つの分類として取り上げられているほどである。有名な句に「風上にすわり関取しかられる　中葉　二四―1」。他に後出の「安元松4」など。この句自体は当時としては珍しい時事吟的性格を備えた秀句である。

母親の袖に世話やく潮干狩り　明四仁2

近年はしゃれて殊勝な形《なり》で来る※90　明四義7

いくつだと思うとそっと叱るなり　明四義7

持ったやつとかくふわりと乗らぬなり　明四礼3

美しい方へは市が混み合って※91　明四礼3

90◎「明二義1」で述べたようにこの句の場合も「形《なり》」である。

91◎前出の「宝十二鶴1」の句と同じく「市」を詠んだ佳句であり、後の「安元礼3」も含めて市の句には味わい深い情緒を持つ佳品が多い。「明二桜4」の草市と合わせて鑑賞してほしい。

川風に吹かれる娘のぞみあり　明四礼4

師匠様臍※92から声を出せという　明四礼5

一人もの貰ったものをそこで喰い　明四礼6

にわか雨一人一人の思いつき　明四礼10

大声も無く女湯※93のやかましさ　明四智4

92◎「宝七・十一・五」を参照。

93◎江戸において銭湯は大体混浴であった。度々、混浴禁止令が出されているがその時だけでしばらくすると元に戻ったという。この句の場合は男女の区別がはっきりしていたときの情景であろう。銭湯については「宝七・九・一五」を参照。

人を待つふりで鳥居に立ち姿 ※94　明五天2

見物のこれはこれはと花の江戸　明五宮1

一日の苦を語り合う門涼《かどすず》み ※95　明五宮2

あれこれに知られた娘外へ出ず　明五梅3

蜘蛛の巣を見ている目元美しき ※96　明五松1

94◎若い女性を想像して情趣ある光景であるが、実はこれにも裏があり、当時、生理中の女性は鳥居を潜ることができなかったので、連れの参拝が終わるまで待っているのである。しかしこれも「明三信1」の車の場合のように、現在の社会状況のなかでの一つの描写として味わってよいと思う。

95◎「門涼《かどすず》み」は門前に出て涼むことであるが、今はほとんど使われることがなくなった言葉である。

96◎類句に「美しい目元で蜘蛛の巣に見とれ　千虎　六〇-11」。

四五ヵ村戸を立てさせる旅芝居※97

明五松1

まだ若いからと遺言きれいなり※98

明五仁2

蕎麦を打つ音も馳走の数に入り※99

明五仁2

水桶へ投げ込む瓜のひょいと立ち

明五仁3

勝ち負けに委細かまわぬ張り手あり

明五仁4

97◎旅芝居、村芝居、宮芝居などはいずれもその時だけ村で興業する芝居であるが、人情を反映した味わい深い作品が多い。例えば「柱にも少し葉のある旅芝居　二一30」など。

98◎「宝十一宮1」を参照。

99◎「宝十梅2」参照。

遊ぶ気をやめると下がる男ぶり
明五義1

撥《は》ね釣《つる》瓶《べ》※100昼も虫の音聞いて汲み
明五義2

井戸端は雪だ雪だと混雑し
明五義2

寿の天上天下鶴と亀
明五義2

吉日は昨日になって夜は明ける
明五義3

100◎滑車と縄を用いて釣瓶《つるべ》で水を汲み上げる方法に対し、撥ね釣瓶は棒の両端に釣瓶と錘《おもり》を付けて、てこの原理で汲み上げるもの。

喰った物当てさせに来るとなり子　明五智3

魂の一つ増えたる狐憑き※101　明五鶴1

雪掻きの一番に出る頼もしさ　明五亀2

人たちのする年礼の美しさ※102　明六・五五会

大勢を涼しく戻す店開き　明六満1

101◎狐憑《きつね》つ》きは狐の霊に取り憑かれたという一種の精神錯乱状態。別の人間が現れたということであろう。

102◎年礼は年始の挨拶を述べること。正月に知人や親戚の家を回って歩いた。「年礼の廻り道するいい飾り　狸声　二二ース3」は豪華な松飾りを見るため回り道するのである。

結んだら結ばれそうな踊りの手 ※103　明六宮3

揺るがせばにこりにこりと角力取り ※104　明六梅2

朝顔の押せば開く戸に咲いている ※105　明六桜2

笠の紐たくさんそうに塵を吸い　明六松1

琴の音を殺伐にする美しさ ※106　明六仁1

103◎関連句として「拾初–19」が名句とされる。

104◎「明二梅4」参照。

105◎朝顔は江戸時代において人気を博し、品種改良が盛んに行われて珍種がもてはやされた。この句は俳諧的雰囲気を持つ穏やかな作品であるが、朝顔やかぼちゃは蔓の境論のことでしばしば仲たがいの象徴とされた。例えば、「朝顔のつるを引っきる仲たがい　七–11」。

106◎琴の句も多い。「明四天1」「天七豊2」「拾三–10」など。

やかましい訳は二人が他人なり　明六仁1

途中から姿の出来る遠い礼　明六仁2

車引き平らになると礼を言い　明六仁3

もの書かぬ女淋しい天の川 ※107　明六義3

五月雨に近所ばかりの人通り　明六礼3

107◎現代的抒情句としてもよい佳吟。「玉18」を参照。

親類も銭のないのは睦じい　明六礼4

賑やかな方へ他人は道を変え　明六信2

気を遣《や》った後で未来のおそろしさ　明六鶴3

口紅の移ろふものと気もつかず　明七天1

風車※108矢先きを駆けて叱られる　明七宮1

108◎風車は「宝十三梅1」を参照。

その時の雷《らい》はその時鳴ったけり ※109　明七梅1

不動尊拝んでそして一《ひと》思案　明七梅1

障子越し引きたいような影法師 ※110　明七松1

病人だなどといたわる膳となり　明七松3

緋の衣※111燃え立つように風に遭い　明七仁3

109◎雷や稲妻については「宝八・九・十五」に述べたが、この場合は、菅原道真が筑紫に流された怨念で、死後、雷神となって皇居に落ちたという伝説を言ったものであろう。しかし、雷に現代的比喩を付けて解釈するのもよいと思う。「明二梅1」を参照。

110◎影法師の佳句。「明三義4」参照。

111◎緋の衣は僧官の最上級である僧正が着る衣。参考句として「緋の衣着れば浮き世が惜しくなり　初―5」。

寂寞《せきばく》※112として思いつく無分別　明七義3

拝むとき顔を隠すが女なり　明七礼3

よい女ふだんぶっ散らかしている※113　明七礼6

ふられてもふられても行く美しさ　明七信3

月を掃くようにすすきは穂に出でる　明八宮2

112◎寂寞《しくばく》は原句では「せきばく」と平仮名になっているが、句によっては漢字を用いて「しくばく」とルビを振っているものがある。「拾初－28」や「朝帰り寂寞として諸事無言　巾布　三九－31」など。

113◎妙齢の女性も私生活は案外だらしないもの。関連句として「美しいものできたない化粧部屋　錦糸　一四一－13」。

横雲を突き抜いている富士の山※114　明八梅2

美しい女房うしろを暗くする　明八梅3

盃を取るとそのまま赤くなり　明八梅3

見る程のものを欲しがる呉服店　明八松1

誘い人《て》を待たせて四つ五つ蹴る　明八松2

114◎富士山は江戸の各地から眺めることができたが、特に日本橋の駿河町では正面に見えた。江戸の富士山信仰は厚く、江戸市中には富士山を模倣して人工的に築いた丘がたくさんあり、「江戸の富士」と呼ばれた。

教わった通りに雛を値切るなり ※115　明八松2

目高売りまた買いなよと藻をまける ※116　明八松3

十日ほど過ぎると常の空になり　明八松4

じっとして妹は姉に作られる　明八義4

傾城に嫌がられても金があり　明八礼4

115◎「教わった通りに雛をねだるなり　一八-28」という一字違いの句があり、全く状況が違ってしまう。これを盗句というかどうかは現在の短詩文芸においても種々の意見があるところである。

116◎ほほえましい光景。関連句に「心ざし松葉をまける金魚売り　株木　一二三・別-8」。「宝十一智1」を参照。

時鳥※117二《ふた》声目にはかすかなり　明八信1

ふられたを四五年過ぎて話すなり　明八鶴1

一日のことで一日雨天なり　安元宮1

生酔※118をふうわり受ける花の幕　安元宮1

ずたずたに模様を切るは哀れなり　安元宮1

117◎江戸っ子は初夏に初鰹を食べることと時鳥《ほととぎす》の鳴き声を聞くことが自慢であった。時鳥の飛ぶ速度は速く「時鳥月をかすって鳴いて行き　紀原　二四–34」。

118◎「生酔」は「なまえい」と読み、大酔いでない適度の酔っ払いのこと。この句も雰囲気がよく出ているが、次の句も言い得て妙である。「生酔の杖にして行く向い風　楓枝　一四九–3」。

銭になる客を怠けて叱られる ※119　安元宮2

花に来る客が今宵のあるじなり　安元宮2

男より女の方が深手なり　安元梅3

読みかけた所へ眼鏡はしまわれる　安元松2

若やいでから気の知れぬ人が来る　安元松3

119◎商家勤めか水商売か。昨今のセールスマンにも当てはまりそう。下五が「しかられる」の形。「明四松2」を参照。

子をきたながって娘は叱られる ※120　　安元松4

先生と呼ばれて早く死ぬような ※121　　安元松4

富士山を降りると元の夏になり ※122　　安元仁7

畑中食ってもて天の打つ手なし ※123　　安元義1

うるさいは三十路に余る女房なり　　安元義4

120◎これも「しかられる」が下五の句。前注を参照。参考句として「桜19」がある。

121◎「宝七・十一・五」参照。奥ゆかしい先生もいるのである。

122◎「明八梅2」参照。

123◎川柳本来の外的批評性を持つ佳吟。飢饉の過酷な状態を鋭く表現している。飢饉を詠ったさらに激しい作品に次の秀句がある。「糧《かて》喰うと聞けばおそろし飢饉年　文呂　一一八－26」。

町内を束ねて廻るはやり風邪　安元義8

盗人に発句を望む梅の花　安元礼1

市の連れ三度別れて三度会い※124　安元礼3

盗まれた男長寿の相があり　安元礼4

時々はげろげろげろと詩を作り※125　安元智1

124◎これも「市」の佳句。「宝十三鶴1」「明四礼3」を参照。

125◎俳諧、発句、古句、川柳、詩など川柳の作句そのものに関する語句を詠み込んだ作品がけっこう存在している。三句前の句もそうであるが「傍三―4」「傍五―10」「筥二―26」「筥四―3」などや「人情を句にし楽しむ川柳《かわやなぎ》　案山子　一二六―44」。

何も無い方へは道を変えぬなり　安元智2

取るものを取って霞に紛れたり　安元智2

稲妻で桜は燃えるように見え※126　安二宮1

不器用に鼓を打つとのどかなり　安二梅1

のどやかさ蔦の細道いらっしゃり　安二桜1

126◎「宝八・九・十五」「明七梅1」などを参照。

棚経《たなぎょう》※127のうしろで母はかしこまり　安二桜4

師匠様※128一《ひと》かたまりに叫ばせる　安二桜4

泪にもほおずき程があればこそ※129　安二松3

慇懃《いんぎん》に後生を願う門徒衆　安二仁3

恋の闇よりおもしろい恋の月　安二義3

127◎棚経《たなぎょう》は盂蘭盆会《うらぼんえ》に精霊棚《しょうりょうだな》の前で僧がお経を読むこと。「宝九満」を参照。下五が「かしこまり」については「宝九礼2」を参照。

128◎これはまた典型的先生タイプ。「宝七・十一・五」参照。

129◎悲しみの最たるときは、ほおずき程の大きな涙が欲しいということであろう。「明三宮3」を参照。

盃を頂いて飲むひさしぶり　安二義4

構えには似ず裏門のないところ　安二義5

悟っては女はみんな微塵《みじん》なり※130　安二礼3

水鳥の明日食うものは明日流れ　安二信2

牛車《うしぐるま》※131先が歩くと歩くなり　安二鶴2

130◎女性は繊細で優しいということか。

131◎この車は単純に乗り物の車そのもの。「宝十三梅1」「明三信1」参照。

明け暮れの中に増します美しさ　安三桜1

暮れに来た息子立派な口をきき　安三桜2

流されたように来て見る藤の花　安三桜2

落ち着くとどじょう五合※132ほどになり　安三桜3

一町※133で雨を泣いたり笑ったり　安三仁5

132◎泥鰌《どじょう》を詠んだ佳吟であるが、他に次の句が特に有名である。「念仏も四五へん入れるどじょう汁　二一－29」。ちなみに、一説では「どじやう」は生きた状態、「どぜう」は料理した状態を言うとされるが、ここでは両句とも「どじやう」となっている。

133◎「宝十三仁2」参照。

泣いた日を笑いにしての百年忌※134　安四天1

人間の皮をかぶって礼に来る　安四宮1

俗名のまま幽霊は現れる※135　安四宮2

拝んだり泣いたり母の意見なり※136　安四梅3

叱ってはまたぽくぽくと木魚打ち　安四桜2

134◎よほど慕われた人であろう。死んで百年経っても供養されるのは幸せである。したがって、悲しみよりもめでたいこととされ、魚鳥を食べて大騒ぎの酒宴となる。「安七桜2」「天四礼2」参照。

135◎おもしろい発想の句。戒名を受け付けないのである。

136◎古川柳の母の同じパターン。「宝十一礼1」参照。

真ん中に凡ならざるが一人いる ※137　安四桜2

金持ちの相にいやしき相があり　安四松4

二三年ほれて一度ももの言わず　安四礼3

並々の筆では天へ届きかね ※138　安四智1

美しさ御家《おいえ》の風が変わるなり ※139　安四智1

137◎時代感覚から解釈すると、遊廓の張り見世（格子の内に並んだ遊女を嫖客《ひょうきゃく》が見立てる）の光景ということになるが、現代でも同様の人間の集団の描写としてもよいであろう。関連句として「中央に端座している美しさ　二五－20」。真ん中に座るのはその見世のナンバーワン。

138◎ペンは剣よりも強しであるが、能筆に越したことはない。関連句に「天までも届けば届く筆の先　草菱　四〇－22」があるが、両句とも日本三筆の一人、菅原道真のことを詠んだものとされている。

139◎奥方かあるいは奉公の者か、美しい女性が来て家の雰囲気が変わったのである。

いい男正しい恋は嫌いなり　安四信2

まま母の櫃《ひつ》から鬼の面が出る※140　安四信3

一時《いっとき》の栄華十年無駄になり　安四信5

葬礼のせめて天気を褒めるなり　安四信4

産むならば帰れと野良で亭主言い※141　安四鶴2

140◎関連して「美しい鬼が去られた跡へ来る　偶中　二七―32」という句があり、掲出句とさらに前々句とを合わせて鑑賞されたい。

141◎出産の直前まで農作業をしていたのであろう。当時としては非常に稀な、痛烈な批評性を持つ名吟である。このような優れた作品が埋もれていることに現代の川柳人は気がつくべきである。合わせて「新十八―28」の句に注目して欲しい。

つつじ見は蔦の細道越えて行き　安四亀1

壁がもの言うかと思う一人もの　安五満2

風鈴の音を夜を選《よ》ってる暑いこと　安五宮2

関取※142が立つと涼しい風が吹き　安五松2

山々谷々へ巡る暮れの文※143　安五仁4

142◎「明二梅4」参照。

143◎今でも年の瀬の手紙は何か歓迎できない気がするが、江戸川柳において「暮れの文」と言えば吉原の遊女からの無心の手紙のこと。あの手この手の手段を用いた文である。「拾四－27」「拾七－15」にその様子がよく表現されている。

哀れさは気違い※144の来る一周忌　安五義3

一匹も釣らず車で帰るなり　安五義4

琴の※145音で殺気次第に消えるなり　安五礼3

よくよく見ればありふれた女なり　安五智2

路地口に市をなしてる日本人※146　安五鶴2

144◎「宝九鶴」を参照。

145◎「明六仁1」参照。

146◎現代の世にもそのまま通じる近代的詩性のある佳作。ちなみに「路地」は家と家の間の狭い通路、「露地」は屋根の覆いのない狭い地面。庶民の狭い長屋のことを言ったものであろう。

真の美になって湯屋から帰るなり※147　安五亀1

かんざしで星の名を聞く夕涼み※148　安六・五五会

車争い※149は未だに女なり　安六宮1

女の跡から弱り果てた男　安六宮3

油皿今夜も燃えるつらいこと　安六梅2

147◎「宝七・九・一五」参照。

148◎「涼み台」「門涼み」と並んで「夕涼み」もまたよく出てくる語。「明元亀3」「明五宮2」を参照。

149◎この句の車争いとは「源氏物語」の故事を踏まえたもの。賀茂祭において、葵の上と六条五息所の牛車の場所の争いのことである。このように、現在でもそのまま味わえるような作品でも実は詠史句や艶句である場合(「明三信1」「明五天2」など)があるので、古川柳の解釈には用心が必要とされるのであるが、それはそれとして、現代の風刺としてそのまま素直に解釈してもよいのではないかと思う。

明日ありと思う心で読んで寝る　安六桜1

友だちに一竿戻《ひとさお》す渡し守り※150　安六桜3

神のもの仏の庭で買って来る　安六桜4

にわか雨異形《いぎょう》の姿現れる※151　安六松2

笙《しょう》※152の笛凍えたように吹いている　安六仁5

150◎渡し守りの句も多く見ることができる。「安七天1」「新六−7」「新三十二−14」など。

151◎異様な姿、怪しい姿ということであるが、江戸の町と住人は雨に弱かったのである。「天五梅2」などを参照。

152◎笙《しょう》は雅楽に用いる管楽器。

軍勢は藁で束ねた男なり※153　安六義3

たいそうに水を動かす細い船　安六礼2

御子息へ愚僧理解を説きましょう※154　安六礼4

あくる朝不思議に思う波の音　安六礼5

隅田川※155向こうに思う人があり　安六智3

153◎風刺と滑稽さを備えた佳句である。

154◎参考句に「天五鶴1」。坊さんも案外当てにならないないないのかもしれない。

155◎隅田川については「天六・十一・十五」を参照。

渡し守り知らんというは情けなり ※156　安七天1

潮風に揉まれて藤の花は咲き　安七梅1

しっかりと握ればうなぎ指ばかり ※157　安七梅2

百年忌和尚重たい洒落を言い ※158　安七桜2

神でさえ寒しいわんや人でさえ　安七智2

156◎駆け落ちか縁切り寺への駆け込みか。追われている人に対する情け。「安六桜3」参照。

157◎鰻《うなぎ》も古川柳に度々登場する小動物。江戸中期の天明頃から土用の丑の日に食べることが流行したが、平賀源内の宣伝によるものという説がある。「宝十一松2」を参照。

158◎「安四天1」参照。

目で人を殺すも女罪のうち　安七智4

ところてん※159一つ結んで上へ置き　安七智5

美しき衣かかれる暑いこと　安七信2

絵で見ては地獄の方がおもしろい　安七信4

出る度に衣装改め女房する　安七鶴5

159◎心太《ところてん》の句にはなかなか機知に富んだ佳品が多い。心太そのものの飄々とした感じが川柳に合うのかもしれない。代表句を挙げると、「心太ひょろひょろひょろとかしこまり　有幸　五六−13」。

これはこのあたりに住むと美しさ　安七亀1

つらいこと頼む木陰に月が洩る　安八天1

虫売りのむなしく帰る賑やかさ※160　安八梅2

百人で九十九人は病死なり　安八桜3

縦横《たてよこ》に鮎の流れる江戸の町※161　安八義3

160◎「宝十一智1」「筥初－12」を参照。

161◎江戸の町には水道が張り巡らされ、水は地下の伏樋《ふせび》の中を流れて来て水道枡《ます》に溜められ、それを汲み上げて使用した。多摩川などの清水《せいすい》を引いて来た自然水であるので時々鮎などの魚がまぎれ込むのである。次の句は大抵の水道史の本に引用されている有名句である。「ありがたさたまさか井戸で鮎を汲み　雨譚　二八－12」。

町はずれさんまの干物並べてる　安八義7

春の日を一丁老女残すなり ※162　安八礼1

恋女房母の着物を着せるなり　安八礼5

着替えると女房なかなかいい女　安八信2

黙念として思いつく無分別 ※163　安九梅2

162◎「宝十三仁2」を参照。

163◎「明七義3」の句とは寂寞《せきばく》と黙念の単語一つの違い。全くの同想類句である。「明八松2」の場合と比較されたい。

労咳《ろうがい》※164は美しそうな病気なり　安九梅3

出た後のしばらく騒ぐ竹すだれ※165　安九桜3

ままごとにまで女房になりたがり　安九義3

儒者も天狗も風を食らってにげる　安九礼3

暑気見舞い茣蓙《ござ》目のついた顔に会い※166　安九智4

164◎労咳は肺結核のことであるが、ノイローゼや恋患いと症状が似ているので、当時は混同されることがあった。この句はそのへんのところを言っているのであろう。

165◎「宝十松3」に類似句。「桜7」「拾九－22」を参照。

166◎ユニークな視点の観察眼である。一九九〇年の「川柳新子座」の「恋やせん顔に畳のあと付けて　坂東乃理子」という妙句を思い出す。

泥足※167の傾城江戸の道を聞き　安九智4

田舎道地蔵のそばに死人花《しびとばな》※168　天元満2

おかしがるように仕組んで国をたち　天元梅1

静うかに行きなと目高売り※169教え　天元梅2

尼寺を気の毒そうに教えてる　天元桜1

167◎遊女の身の上を泥水稼業と言ったが、泥足も同じことである。「拾二一18」を参照。

168◎死人花《しびとばな》は曼珠沙華《まんじゅしゃげ》のこと。秋の彼岸の頃に咲くので彼岸花といわれるが、有毒で墓地などに野生していることもあって多くの不吉な異名を持っている。幽霊花、地獄花、狐花、提灯《ちょうちん》花、火事花などいずれも良いイメージではない。また、花の下に一枚も葉がないので天蓋《てんがい》花とも呼ばれる（天蓋とは仏像の上にかざす笠状の装飾）。なお、後出の「新二十三一26」では夢珠沙華に「シビトバナ」とルビがふってあるので参照されたい。

169◎「明八松3」参照。

馬子昼寝馬つくねんと立っている　天元桜3

手打ちする手にみなし子の手向け草 ※170　天元礼1

売られたは母の三十三のとき ※171　天元智3

かみさんと言われはじめは二十七 ※172　天二・八・五

跳びのいた後へのろのろひきがえる ※173　天二満2

170◎手向ける草花としては蓮華草がふさわしいかもしれない。「墓参り誰が手向けしか蓮華草　甲守　一一七－24」

171◎逆算すると十四五歳頃か。次の句と合わせて読むと哀れさがひとしおである。

172◎吉原における遊女の年季は二十七歳までであった。年季が明けて所帯を持ったのである。

173◎参考句として「キャッという娘の跡を蛙とび　一三－21」。「宝十三桜2」参照。

萩や紅葉が本尊のような寺　　天二桜1

細かに見ても気の尽きぬ書物なり　　天二仁2

遊ぶ仕度をするゆえに忙しい　　天二礼1

奥様の嘆きだるまの目に涙　　天二智1

上げつけて惜しや切れゆく風巾《いかのぼり》※174　　川柳　天三・追善

174◎この句は天明三年三月十九日開きの「万句合」冒頭に「追善冬の終」として作者名を付して載せられている三句のうちの一つで、「川柳」という作者名がついている。無作の指導者と称される通り柄井川柳は実際には作句をしなかったが、その作品と言われるものに柳句が三句、和歌が一首あり、この句はそのなかの一句である。ちなみに、あとの二句は「世に惜しむ雲かくれにし七日月　筥初-47」「今ごろは弘誓《ぐせい》の舟の涼《すずみ》かな　筥二-追7」。なお、掲出句の「いかのぼり（凧・紙鳶）」は凧《たこ》のことである。

蛍狩り夜も一つ暮れ二つ暮れ　天三・八・五

寒そうな人に関取り礼を言い ※175　天三・八・十五

しののめの渡しに釣師五六人　天三天1

白壁の遠くへ見える村の寺 ※176　天三天2

近い頃芸者風俗悪しくなり ※177　天三宮2

175◎関取り、角力取りの句のなかで出色の秀吟である。「明二梅4」を参照。

176◎俳諧的な感覚の佳句である。

177◎「芸者」を別の言葉に置き換えると、いつの世にも該当する句となるが、現在は「政治」とでもしたいところ。

みどり児[※178]は去られる親の方へ這い　天三礼3

作りし罪も消えぬべし施餓鬼船《せがきぶね》[※179]　天三智2

秋の雪その日降ってはその夜消え　天四天1

月夜に顔を晒してる美しさ　天四宮1

繁盛は月の眺めを狭くする　天四宮1

178◎みどりご（嬰児、緑児）は三歳ぐらいまでの幼児。

179◎施餓鬼は飢餓に苦しむ亡者に食物を供えて弔う法会。施餓鬼舟はそれを行なうための舟。

去られても仲人のつく美しさ　天四梅1

つき合いに傘を持ってて雨宿り ※180　天四松1

よけさせよけさせ関取り市に立ち ※181　天四松2

泣くものは残らず死んで百年忌 ※182　天四礼2

譲る子もなくって遠い小言なり　天四智2

180◎「安六松2」で見たように江戸は雨に弱く、道路は泥んこのぬかるみになったという。したがって、雨宿りに関する句が多数存在し、一つの大きなテーマとなっている。よく知られている句は「雨やどり額の文字《もんじ》をよくおぼえ　初1-14」や「拾初1-27」など。

181◎これも関取りの佳句。「明二梅4」参照。

182◎「安四天1」を参照。

関取りのこわごわかける涼み台 ※183　天四信2

あどけない押し売りの来る野駆け道 ※184　天四鶴1

初ものは垣根に雪の降る時分　天四鶴1

鈴の音からりというと灯が点り　天四鶴1

くたびれた道を見ている坂の上　天五宝2

183◎関取りと涼み台を組み合わせたおもしろい句。当時は関取りも涼み台もごく身近かに感じられたのであろう。「明元亀3」と「明二梅4」を参照。

184◎野駆けは野山を歩いて楽しむことで、今で言うピクニック。娯楽の少ない当時において、庶民の大きな楽しみであった。

料理人※185両手でこわい伸びをする　天五宝3

にわか雨※186戸をいろいろに立ててみる　天五梅2

青物屋かたかた低い棚を吊り　天五松2

蝉の鳴く下に裸っ子が一人　天五義2

水売り※187を取り巻いている坂の上　天五礼4

185◎「明二満2」参照。関連句として「傍初－23」「拾九－30」などがある。

186◎雨宿り同様、にわか雨の句も多い。この句には「玉19」に類句。「安六松2」を参照。

187◎江戸は埋め立て地であるので井戸水は飲料水には適さなかった。水道が引かれたのはそのためであるが、その水道水を汲んで来て売り歩く水売りがいた。「安八義3」参照。

浮き世の鐘のやかましい大晦日 ※188　天五智5

百姓の暮らしの目立つ水車 ※189　天五信5

禅僧に未来を聞けば知りませぬ ※190　天五鶴1

小鳥屋も一日食うに追われてる　天六・八・十五

江戸の鐘響く七《しち》万三千里 ※191　天六・九・十五

188◎江戸時代の売り買いは盆と暮れの年二回払いの掛け売り。したがって、その支払いに際しては悲喜こもごものかけひきがなされることになる。人間風詠を主体とする川柳においては、格好の題材であり、大晦日の庶民の状況を活写した佳品が多い。

189◎水車は当時の大切な動力源と同時に大きな財産。水車を持っている農家は裕福なのである。「宝九智2」を参照。「柳多留」初篇の次句「子の内の支離《かたわ》に譲る水車《みずぐるま》　初-39」は障害のある子にその大事な水車を譲ったという親心である。

190◎禅問答的な軽妙洒脱な名吟。後に「禅僧に未来を問えば知りません　礫川　八九-30」という盗句的類句がある。「安六礼4」参照。

191◎江戸では「時の鐘」という制度があり、一刻《とき》(約二時間)毎に鐘を撞いて時刻を知らせた。夜の十二時

大雨で鐘※192の縁起が聞こえかね　天六満1

時過ぎ時来たってようようと来る※193　天六満2

傀儡師《かいらいし》村の分限《ぶげん》に日半日　天六満2

百年忌※194うわさに聞いた人ばかり　天六桜1

難儀した話の後で金のこと　天六仁2

（九ツ）に十二回（捨て鐘三つと時刻の九つを足した数）を撞き、以後、一回ずつ少なく撞いて四ツ（午前十時）に七回ととなり、正午の九ツにまた十二回に戻った。初めは日本橋本石町だけであったが、後に浅草寺、上野山内など九ケ所に設けられた。

192◎この鐘はお寺の鐘か。前句を参照。

193◎この句は後に「時過ぎ時きたりようようと来る　二四－22」として「柳多留」に収録されている。

194◎これも百年忌の句。「安四天1」を参照。

神田川更けて芸子の笑い声 ※195

天六・十一・十五

道中と夢とを売るとのどかなり

天六・十二・五

琴の上白魚十筋《とすじ》駆け歩き ※196

天七豊2

我が胸と相談をして人になり ※197

天七豊2

返す気で金を借りるは古風なり

天七整1

195◎神田川は江戸川下流、お茶の水を経て隅田川に合流するまでの名称。仙台藩が改修したため仙台堀とも呼ばれた。ちなみに、隅田川は荒川下流の名で、鐘淵から河口までを言い、大川、角田川、浅草川、宮戸川など種々の呼び名がある。「安六智3」参照。

196◎「拾三T10」を参照。

197◎義理人情を果たして人間らしくなったということであろう。

人々は丸寝で花の夜を明かし　天七・八・十五

雷雨激しく僧正の身ごしらえ※198　天七・八・廿五

退屈のままに無限の鐘を聞き※199　天七・九・五

目には見えねど打ち合わす波の音　天七・九・十五

羽二重のおもかげを着る素浪人　天七・九・廿五

198◎「明七梅1」参照。

199◎「天六・九・十五」参照。

心を切り直せとばくちの意見 ※200
天七・九・廿五

女房の肌も冷えてる三年目
天八・十・廿五

摘み草を手拭いにする出来心
天八・十二・十五

みかん売りまけると五つづつ掴み ※201
天八・十二・十五

ぶっこぼれそうなところに大工の茶
寛元誠1

200◎古今東西同じであるように、江戸時代においても様々な賭博があった。さいころを使ったチョボ一（一チョボは賽《さい》の目の和で二十一のこと）や丁半、影富《かげとみ》、かるた、双六《すごろく》（「宝十二満1」参照）、宝引《ほうびき》（「宝十二義3」参照）など多士済々であった。前句附けと称された「万句合」も一種の賭博性を帯びていたわけであるが、三笠附けというギャンブルそのものが現れるに至った。これは、五七五の上五を三題出題して中七下五を附けるものであるが、後には句とは無関係に数字だけを当てる全くの博打となった。

201◎「宝十一智1」を参照。

扇の絵富士は書きよいものと見え　寛元誠2

豊かさはかかしかくれんぼうをする　寛元満1

一本《いっぽ》のを二人でさすと恋になり※202　寛元満2

吸いつけて出すとたばこも恋になり　寛元宮1

この頃は母も同《おんな》じように病み※203　寛元梅2

202◎「一本」は「いっぽ」と、三音として読む。同じような句として、「半ぶずつさすと傘恋になり　二一―13」や「傍五―4」などがあり、「半分」を「はんぶ」としている。「宝十義3」を参照。

203◎江戸川柳におけるおなじみの母親像。「宝十一礼1」参照。

初代川柳以後の川柳（一）

初代川柳没後、桃井和笛《わてき》や文日堂礫川《れきせん》らを中心として「柳多留」三十三篇までが刊行されるが以前の勢いはなかった。文化二年（一八〇五年）に初代川柳の長子弥惣右衛門が二世川柳を襲名し、「柳多留」七十篇までを出版するが、その才能は凡庸で川柳名跡に耐えられる器ではなかった。文政元年（一八一八年）に六十歳で没した後、初代川柳の五男孝達が三世川柳を継ぐがこれもまた才に乏しく、その上、不義密通を働くという私行上の問題から信用を失って、文政七年（一八二四年）に「柳多留」八十一篇までで隠退をする。その後の四世、五世川柳については後述する。

「柳多留」の全十一万余句の圧倒的多数は狂句的な句であるが、しかし現代川柳的な観点からよく読んでみるとわずかではあるが抒情性に溢れる詩性的な秀句が存在するのである。それは全体の一パーセントほどであるがそれでも数にすると一千句はあり、優に「柳多留」の一篇分に相当する量である。初代川柳時代については別に示したので、ここでは初代川柳以後の現代川柳作家から見たそのような詩的川柳を中心に述べてゆきたい。

それでは先ず、初代川柳没後から二世川柳が登場するまでの過渡期の「柳多留」（二十五篇〜三十三篇）のそのような佳句を年代順に拾い出してみよう。

二ツ三ツ咄せば秋の暮近し　叶　二六―8
一粒《ひとつぶ》の豆を命と風車　風化　二七―16
又来ても老若男女二人あり　三交　二七―21
夜や寒し衣や薄し独り酒　虎同　二八―4
ふだらくの岸うつ波をのりこえる　哥友　三〇―35
来年は又来年の桜なり　カテウ　三一―35
捨てた気で捨てられている草の庵　期程　三二―5

二句目の風車の句は多く、例を挙げると

帰り道急げば廻る風車　里梅　六三―10
風車廻らぬ舌でねだり出し　錦糸　一〇二―2
子は寝てもひとりで遊ぶ風車　東子　一二三―47

また、鬼子母神の法明寺では風車を売っていたので次の句が詠まれている。

風車子もちの神が売りはじめ　二八―25

一方、水車の句も多くあり、次にその例を挙げてみる。一句目は「柳多留」初篇の中の有名な句であり、二句目は水車と風車が一緒に詠み込まれている面白い句である。

子の内の支離《かたわ》に譲る水車　初―39

水車見て居る髪に風車　慎盟　五八―8

せい出せば氷る間のなき水車　如雪　一一三―13

五句目の「普《ふ》（補）陀落《だらく》」は観世音菩薩の住む所という霊地であるが、現代川柳、現代俳句にもよく使用される語である。

次に、二世川柳の登場となるのであるが、その時代の「柳多留」（三十四篇〜七十篇）の、先ず五十篇までの佳句を挙げてみる。

官位あらそいが終ると春になり　一交　三四―8

空に知られた雪の降る寒いこと　猿山　三七―34

此里《この》へ流れて来たは水の年　青露　四一―7

紫を着るとうき世がおしくなり　山柳　四一―25

借りものを返すと仏様になり　柳雨　四二―4

草木きばみ造り花造り花　芋洗　四二―23

遣るあても無いに今年も暮れて行く　衛門　四二―35

両方がまぬけなつらで境論《さかいろん》　シクト　四四―21

血達磨の実は本来無一物　志丸　四七―15

さそう水あって流れの身もうかび　織好　四八―6

相傘《あいがさ》も男まかせの横時雨《よこしぐれ》　五〇―23

一句目と四句目は現在でも変わらぬ人間模様を鋭く風刺した新鮮味のある句である。

三句目の「水の年」であるが、洪水で田畑が流されて遊廓へ売られて来たのであろう。また、十句目にあるように廓における遊女の身の上を「流れの身」と称し、江戸時代を通して一つの流行語的な句語としてよく使用されている。この「流れの身」と「水の年」の関連句は数多く詠まれており、例を挙げると

水の年娘はついに流れの身　斗丸　五二—36

父母の恵みも浅きながれの身　三枝　五四—33

田も畑も水にとられて流れの身　佃り　八二—20

水の出た年に流れて来た廓《くるわ》　縫惣　一五〇—8

八句目の「境論」という言葉もまたしばしば用いられており、これもまた当時の慣用語になっていたようである。一例を示すと

かて飯の味をわすれる境論　トメテ　三三—37

最後の句の「横時雨」は現在でも俳句の冬の季語として用いられているが、古川柳にはこの句を含め数句が見られ、他には

能因が窓も建てきる横時雨　佃　一四五—4

丸谷才一に種田山頭火を横糸に使ったサスペンス仕立ての小説「横しぐれ」というのがあるが、これは山頭火の次の有名な句

うしろすがたのしぐれてゆくか

の「しぐれ」を「死暮れ」と読み、そしてその死を「横死《おうし》」とし、さらにそれを「よこ死」と展開させて「しぐれ」と組み合わせて「横しぐれ」としたもので見事な手並みである。

また、この横時雨と関連して次のような詩情性豊かな句もある。

晴れぬ身を濡らす格子の袖時雨　迚茂　一〇七―24

虹の橋夕日の渡る片時雨　三輔　一二一丙―6

さらに、二世川柳時代の後半（七十篇まで）の句を示すと

恋に綾あって娘の細作り　其笠　五二―24

わたくしも四十つまらぬひとりもの　横好　五三―13

情のある女で鍵をまかせてる　瓦合　五五―19

蛇遣いへびをつかえばいそがしき　水治　五六―13

人間の生死二つのたらいなり　金牛　五七―3

ふらそこに酒の寿命のすき通り　月圓　五九―22

鐘の声風に伸びたり縮んだり　辻木　六〇―14

独り来てひとりで帰る元の道　畦道　六一―16

さし引いて人間わずか二十年　錦重　六四―28

明けぬるも暮るるも同じ鐘の声　森烏　六七―21

物静か時に余りし鐘の数　雨夕　六七―29

淋しさを重ねる夜半の糸車　　有幸　　六八—11

一句目の「恋」の句は古今東西共通の女性心理であり、三句目の「情」の句もまた男女の普遍の機微を詠んで鮮やかである。

四句目の「蛇使い」に関連して、岸本水府の盟友で、二十六歳の若さで不慮の事故で亡くなった藤村清明に次の名吟がある。

蛇使い寂しい時は蛇を抱き　　藤村清明

この句に対し掲出句もまた現代でも十分鑑賞に耐える心象句と捉えてもよいであろう。

六句目の「ふらそこ」は、化学実験などで使用される透明なガラス器具のフラスコのことであり、酒への想いを巧みに表現している。また、フラスコは透かして見ると歪んで見えることから不美人のことを言い、次の句

ふらそこを入れたでむす子内《うち》に居ず　　芦露　　二一—ス6

は、持参金目当てで醜女を嫁にもらったので息子が家に居つかないのである。

ところで、この「フラスコ」のような外来語はいろいろと古川柳に詠み込まれており、その最も代表的なものは「硝子《ビードロ》」である。その例を二、三挙げると

硝子《ビードロ》のようだから母あぶながり　　志孝　　六二—13

金魚《きんぎょう》を腹から見せる硝子屋《ビードロや》　　和好　　一五五—30

また、「オルゴール」や「ビロード」という語も数句だけであるが存在し

雨もりの音オルゴルの銅だらい　祖山　一四八—21

びろうどは新しいほど毛が深し　北松　一六四—11

さらに、珍しい例として「エレキテル」という語が「柳多留」全句の中にたった二句だけ見られることである。その句を示すと

天窓《あたま》コッキリおたがいにエレキテル　種蒔　一二四別—1

安永五年（一七七六年）に平賀源内は静電発電機を用いて電気を発生させ、それを人々に触らせてびっくりさせるという「百人おどし」として有名な実験を大名屋敷で行なった。これはそれから五十七年後の天保四年（一八三三年）刊行の「柳多留」に収められている句である。「こっきり」とは硬いものがぶつかるさまを言い、頭が鉢合わせをしてお互いに火花が飛んだのであろう。

「エレキテル」の句としてさらに次の句がある。

エレキテル玉藻の前の後に出来　春駒　三九—33

「玉藻《たまも》の前《まえ》」は鳥羽帝が寵愛した美人であるが、金毛九尾の古狐であったという。謡曲「殺生石」などで有名。怪しい光を発して、まるで月光が照らすようであったというので、電気の火花に見えたのである。「柳多留」三十九篇は文化四年（一八〇七年）刊。平賀源内の発電の実験から三十一年後の作である。

ところで、このような「蘭語」と言われる外来語的に日本語をもぢった言葉がしばしば句の中に見られ、その例を挙げてみると

菓子鉢は蘭語でいうとダストヘル　芋洗　一〇八—1

新世帯《あらぜたい》蘭語で言えばヒルモトル　三朝　一五九—1

これは「出すと減る」「昼も取る」ということを蘭語流に言った狂句である。
最後の「糸車」の句は「川傍柳」にも次の俳諧的な秀吟がある。

隣迄《まで》淋しがらせる糸車　傍三—1

以上で二世川柳は終わり三世川柳時代となるのであるがその期間は短く、「柳多留」も七十一篇から八十一篇までの十一篇を数えるに過ぎない。その中から拾い出してみると

苦界とは見へぬ廓《くるわ》の夕気《け》しき　白峩　七二—22
田植笠かぞへて下《くだ》る峠みち　文虫　七七—8
母の腰曲がった形《な》りに撫でさすり　カスミ　七七—10
読経《どっきょう》の声高々と物しずか　麹丸　七七—26
其ままに買いたき雪の一軒屋　眞垣　七九—10
春の風女ごころに吹いて来る　金成　七九—34
かたよるも戻るも糸のような道　佃　八一—2

わずかではあるがこのような佳吟を見ることができ、特に六句目の女心の句は現代の情念句そのものと言ってもよい句である。
とかく風刺、諧謔だけに焦点が置かれがちな江戸川柳にも、このような現代的な詩的抒情句があることを見直したいものである。

第二章

初代川柳選句集

「明和四戌年（一七六七年）〜」

一軒で呼べばすだれが皆うごき ※204 桜7

文《ふみ》を見て行けばさしての用もなし 桜9

内に居て日和《ひより》をほめる残念さ 桜10

そろそろと松をゆり込む峯の月 桜18

ちょうちょうをとらえた指をきたながる ※205 桜19

204◎簾《すだれ》、縄すだれ、竹すだれはよく使われる言葉。「安九桜3」などを参照。

205◎この句は後に「柳多留　七〇―34」に収録されている。

金魚《きんぎょう》は一口喰って吐いて見る ※206　五鳥　傍初－3

父は柳母は桜だと思い ※207　三朝　傍初－3

どの道に帰る思案の橋でなし　一甫　傍初－3

波の打つ音ばかり聞く本望さ　閑々　傍初－6

実名は知らず互いに懇意なり ※208　五鶴　傍初－7

206◎「金魚」は「きんぎょう」と伸ばして発音する。「宝十義3」「新四－21」参照。詩情のある佳吟として知られている句である。

207◎風刺をこめて現代なりに解釈してもよいが、この場合の柳は吉原大門前の見返り柳のことで、江戸川柳において柳は遊里のことを言う場合が多い。桜も同様に遊里のことを指すときがあるが、この句の場合は素直に花見と理解すべきだろう。

208◎川柳句会の仲間であろう。本名ではなく、お互いに雅号、表徳で呼び合っているということ。「安元智1」参照。

短命なくせに長引く病いなり　鼠弓　傍初―10

深窓に十有九年養われ　眠狐　傍初―12

待ちわびる耳へ蛙《かわず》の声ばかり　眠狐　傍初―15

我が腕を我が手で持ってのびをする※209　一甫　傍初―23

たとえ忘れても女は汲まぬ川※210　門柳　傍初―26

209◎「天五宝3」参照。

210◎現代的情念句に通じる味わいのある詩的句。

いちどきに百ずつ笑ういい女 ※211

一甫　傍初―31

弱そうな形《なり》で敵《かたき》を討ちに出る ※212

長笑　傍初―31

清濁で客をもてなす賑やかさ

五連　傍初―41

一日を大事に暮らす宿下がり ※213

眠狐　傍二―10

恋しくも尋ねて来ないとこへ逃げ

亀遊　傍二―12

211◎「藐8」を参照。何々百図・百選など「百」は江戸時代におい重要な意味を持っていた。

212◎敵討《かたきう》ちは江戸時代において公認された私刑の一つ。ただその対象は目上の人の仇を討つ場合だけで、目下の場合のいわゆる逆敵《ぎゃくがたき》は禁じられていた。なお、妻の仇を討つことは許され、女敵討《めがたきう》ちと称した。

213◎宿下り(やどおり、やどさがり)は奉公人が休みをもらって実家に帰ることで、藪入《やぶい》りとも言った。正月十六日と盆の七月十六日の年二回あり、この日から三日間休日となって、奉公人と母親にとっては最大の楽しみであった。

花がうつむくと嵐がしゃべるなり　水砥　傍二―13

退屈さ昨日も今日も水の音　玉簾　傍二―14

色を変え品を変えさまざまな月[※214]　玉簾　傍二―16

里の母[※215]今頃はもう寝たかなり　多笑　傍二―18

隣まで淋しがらせる糸車[※216]　東里　傍三―1

214◎単純に月の観賞を詠んだ作品としてもよいであろうが、この場合は傾城の月の無心という意味がある。八月の十五日と九月十三日の月見は吉原の紋日《もんび》（祝祭日）と称して客寄せをしたが、遊女から誘いが来るのである。九月の月見を後の月と言い、八月に行なった月見を九月にしないことを片見《かたみ》月と言って嫌われた。

215◎「宝十一礼1」参照。

216◎古川柳の代表的な秀句として有名。関連句に「淋しさを重ねる夜半の糸車　有幸　六八―11」。糸車は糸を紡ぐ糸繰り車のこと。

今夜の誹諧古句だと女房言い ※217　雀芝　傍三―4

安遊び父母はただ病いを憂う　管江　傍三―7

うつむいた男の側にいい娘　五連　傍三―20

晩を楽しんで一日笛を吹き　亀遊　傍三―24

その女を憎みその顔を憎まず ※218　甲鼠　傍三―25

217◎これも俳諧関連の句。「安元智1」「傍初―7」を参照。

218◎「拾五―5」に同じ句がある。意味深長な句である。

あてにした月が男の心なり　摂州　傍三―38

口を大きく開けている日の永さ　鼠弓　傍四―2

乱に及んで縛られる花の下　雨譚※219　傍四―3

伸びをするごとくに凧※220の糸を売り　十ロ　傍四―4

その気では植えぬ柳が為になり　五楽　傍四―9

219◎作者の雨譚《うたん》は初代川柳と同時期に活躍した作家で、本名を小山玄良という医師である。初代川柳に質問した句意の答えを「川云」と付記して注釈を書き込んだ「雨譚注万句合」を遺したことで有名である。

220◎関東においては凧《たこ》であるが、関西では「いかのぼり(凧、紙鳶)」と呼ばれた。「天二・追善」を参照。

いくじなさ毎日なくす薬紙　鼠弓　傍四―15

芹《せり》摘みの笊《ざる》に田螺《たにし》が十ばかり　素鳥　傍四―16

鶏※221は屋根へ逃げるがやっとなり　十ロ　傍四―17

借りに来た時は正直そうな顔※222　十ロ　傍四―19

とかまる※223と地声になって蝉は啼き　五雀　傍四―24

221◎鶏の動作はユーモラスであると同時に何か哲学的なものを感じさせるが、江戸川柳にはその動作をうまく表現した優れた作品が多い。「鶏の何か言いいたい足づかい　初―8」が名句として名高いが、他には「何をマア考えなさる　鶏《にわっとり》　三箱　一四〇―28」。

222◎この句は「柳多留」(一二一・乙―4)に同じ句がある。「籠三―14」を参照。

223◎「とかまる」は「捕まえる」ということ。

夫婦してきれいなとこをはいている　梅枝　傍四―29

行く道と来る道のつく春の芝　素鳥　傍四―30

女房が留守で一日探しごと　五風　傍五―3

男と女半分《はんぶ》※224ずつ濡れて行き　五風　傍五―4

又つらまえて放し亀放し亀※225　五楽　傍五―7

224◎この場合も「半分」は「はんぶ」と読む。「宝十義3」「寛元満2」参照。

225◎捕まえられた生物を池沼や山野に放す儀式を放生会《ほうじょうえ》というが、八月十五日に行われた。その関連の句は多くあり、これもその光景であろうが、通常の出来事として解釈してもよいと思う。「籠二―18」参照。

雲をつかむような詩を出して読ませ ※226
泉河　傍五―10

天下泰平見物が五六人
水砥　傍五―14

紫蘇畑いろつやつやと雨が晴れ
素鳥　傍五―15

小指で結び私とあのおとこ
五楽　傍五―17

いそがしい日に病人はまたがれる
素鳥　傍五―19

226◎これも俳諧関係の句。昔も今も詩人は浮き世離れをしているようである。「安元智1」を参照。

看病にのけたい顔が一つあり ※227　　素鳥　傍五―24

寒いこと障子へ花を切って張り　　雅情　傍五―26

大あくび時々焼香焼香　　泉河　傍五―34

もうよしと薬をのまぬ八十九　　素鳥　傍五―35

一つの顔で百笑う美しさ ※228　　車井　藐8

227◎「宝十二義1」の関連句としても挙げたが、「看病の真実顔にあらわれる　佃　一一四―23」。

228◎「傍初―31」参照。

見苦しさ男と女二人いる　運町　藐8

天然の動き居眠る頭なり　雨譚　藐16

推量の通り花屋の桜なり※229　鼠弓　藐24

金のあるのを憎むのは無理なこと　高砂　藐31

昼見ると行燈《あんどん》いつも汚れてる　鼠走　藐31

229◎具体的には吉原の桜を指したものであろうか。吉原では毎年、花見の時だけ大通りに桜を移植し、終わると撤去した。「新九-16」参照。

咲かるる方は明るし花の枝　　栗穂　筥初―6

曇ったばかりではどっちつかずの町　　石斧　筥初―10

虫売りは折々蛍かきたてる[※230]　　石斧　筥初―12

山の風よけると月がさして来る　　雨譚　筥初―23

ちょっちょと詰める愛想のいい女　　石斧　筥初―27

230◎「安八梅2」を参照。

古《ふる》懐紙ならべてけちな書物店
雨譚 筥初—27

かぼちゃか西瓜か当ててみなと風呂敷 ※231
雨譚 筥初—33

外科の戸はせわしくばかりたたかれる
石斧 筥初—37

たしか生れた当座にと美しき
玉簾 筥初—41

枝大豆《えだまめ》は思案の外なとこへ飛び ※232
石斧 筥初—45

231◎風呂敷と南瓜あるいは西瓜という組み合わせの句は多いが、これは三つが入っているおもしろい句である。参考として「西瓜のみやげあけずとも見えるなり　一八—29」や「拾十—21」など。

232◎枝豆は弾いて飛ばすことができるので、いろいろな想いを籠めて相手に向けるのである。この場合は的が外れたのであるが、次句も同じである。「枝豆の流れ矢憎い顔へ来る　佃　七二—9」。

数ならぬ身で鶯を聞いている　聞之　筥二―3

何を喰ったらよかろうと二日酔い　雨譚　筥二―5

ころんでも汚れないはと負け惜しみ　高麗　筥二―5

何が売れたやら道具店でさしみ　加多留　筥二―9

編み笠も※233外から透くはあわれなり　石斧　筥二―13甲

233◎編み笠をかぶった虚無僧は敵討ちの服装の代表的なものとされるが、そのことを言っているのかもしれない。

少しの善根車を押して遣り ※234

石斧　筥二―15甲

四季折々の花を見る御縁日

雨譚　筥二―18

俳諧はいもだが表徳《ひょうとく》は立派 ※235

雨譚　筥二―26

品川も旅で泊まれば浪の音

雨譚　筥二―26

いそがしさ浮き世袋の酒びたし

雨譚　筥二―32

234◎この場合は実際の運搬用の車である。「明三信1」「安七六宮1」を参照。

235◎表徳は雅号、別号のこと。「傍初―7」参照。

淋しいも秋おどろくも秋の空※236
雀芝　筥二―追6

霜の中車でまいる七五三※237
都鳥　筥二―追6

百廿日《ひゃくはつか》程もかかって案じた詩※238
山路　筥四―3

※239碁の座敷勝負のついた音がする
素文　筥四―4

春の雪なずなの見えるほど積もり
高砂　筥四―18

236◎近代的な詩性のある心象句である。「新三四―25」参照。

237◎この車は「宝十三梅1」で述べた場合と同じく肩車のことである。

238◎「安元智1」「傍五―10」参照。

239◎碁と将棋は当時の大きな娯楽。その様子を巧みに表現した作品は多いが、そのなかで最もよく知られている句は「碁敵《ごがたき》は憎さもにくしなつかしさ　初―37」。

傘を返したらまた降って来る　素文　筥四―19

硯箱つかわぬ筆が五六本　車井　籠三―1

能《よ》いほどに柳の動くうららかさ　高砂　籠三―13

人相を作って金を借りに来る※240　五扇　籠三―14

けちなれんこん穴ばかり喰っている※241　五楽　籠三―14

240 ◎もっと直接的に表現すれば「傍四―19」の句ということになろう。

241 ◎蓮根は蓮の地下茎。大小の穴は泥水の中での空気の通り道で、外側の二つの小さい穴の方が上部である。次の名句がある。「れんこんはここらを折れと生れつき　初―36」。

しまりの無い鐘の音池へひびき

雨譚　籠三－16

亀は放されるが鶴は放されず ※242

住の江　籠三－18

いい暮らし車一輌持っている ※243

狸声　籠三－20

夢の世を味にとりなす宝舟

素鳥　籠三－32

つまらなくなり死ぬ連れをこしらえる ※244

哥遊　玉2

242◎前出「傍五－7」参照。

243◎これも実際の乗り物の車。一輌というからには大八車でもあろうか。

244◎死に対する淡々とした諧謔の精神がおもしろい。江戸人の粋を垣間見るようである。現代にもそのまま通じる出色の秀句。

雪空が晴れると月の影がさし　叟雅　玉3

大道《だいどう》を袂のかする美しさ　蔦夫　玉5

横にして格子を入れるさくら草※245　叟雅　玉7

天の川秋※246の渇《かわ》きのはじめなり　山路　玉18

蝉の鳴く下に子どもが二三人　叟雅　玉19

245◎「宝九松」参照。

246◎天の川は旅情をそそるものである。「明六義3」同様、女性の句であろう。

いろいろに戸を立ててみる俄か雨※247　仙賀　玉19

品のいい乞食が傘を借りている※248　可候　玉19

すりこ木のしずかに廻るとろろ汁　四眼　玉21

長閑《のどか》さは沖におんなの狂う声　錦二　玉26

247◎「天五梅2」と同想の句。

248◎現在のホームレスの人々にも当てはまりそうな見事な風刺。人間社会の機微は時代が変わっても同じということである。外的批評句の秀逸。

初代川柳以後の川柳（二）

短命に終わった三世川柳時代を受けて、文政七年（一八二四年）に眠亭賤丸《ねむりていしずまる》（または、せんがん）が四世川柳を襲名する。本名を人見周助という八丁堀の同心で川柳宗家以外から初めての川柳名跡の襲名であった。賤丸はその句風を「俳風狂句」と名付けて自らを「東都俳風狂句元祖」と称し、川柳の勢いを回復させた。役職上の理由から天保八年（一八三七年）に隠退をするが、その後、五世川柳を継いだのは本名を水谷金蔵という佃島の魚問屋、腥斎佃《なまぐさいたづくり》であった。佃はその句風を「柳風狂句」と称し、「柳風式法」および「句案十体」という川柳の作法を著わしたが、それは川柳を文芸の域から遠ざけるものであって、その末期は退廃的な狂句が氾濫した。安政五年（一八五八年）に七十二歳で没し、六世川柳はその長男ごまめが継ぐ。四世、五世川柳においてもその大部分が狂句調柳句であるが、前回同様にその中から数少ない詩性句を鑑賞してみたい。

先ず、四世川柳時代の前半（「柳多留」八十二篇以降）の佳句を拾い出してみる。

墨の出る町には筆も生きて居る　菅子　八二―20

糸つけてあるかとおもう蝶二つ　金成　八七―5

いく度かよごれた顔の美しさ　里　秀　八七—29
柱にぶらり塩引の首くくり　ヤマキ　八八—10
湯豆腐は浪うちぎわですくい上げ　松　鱸　八九—22
禅僧に未来を問えば知りません　礫　川　八九—30
子沢山州の字なりに寝る夫婦　木　馬　九二—14
憂苦界花も楽しむものにせず　佃　九　九三—9
足袋はいておもえば二十五年の非　鶏　肋　九四—23

二句目の蝶の句は数多く見られるが、その中からいくつかの例を挙げてみると、

二三尺蝶々猫をつりあげる　手　枕　五八—18
三千の花にまよいの蝶ひとつ　トモエ　一〇二—21
白い蝶菜の花へ来て紋を付け　指　月　一六一—15

また、次のような意味深長な句もある。

ちょうちょうをとらえた指をきたながる　七〇—34

四句目の「塩引」の句であるが、初篇に次の有名な句があり、俳諧調的な古川柳の代表的な例としてよく引用される。

塩引の切り残されて長閑《のどか》なり　初—8

また、この句から次の句、

あんこうは唇ばかり残るなり　客來　一七－30

が連想されるのであるが、これは現代俳句の巨匠加藤楸邨の次の名句に相通じる近代性を持った句として見ることができる。

鮟鱇の骨まで凍《い》ててぶち切らる　加藤楸邨

さらに、五句目の「湯豆腐」の句であるが、近代詩の冗舌さを差し引けばこれもまた次の現代俳句の名句を彷彿とさせる秀吟である。

湯豆腐やいのちのはてのうすあかり　久保田万太郎

湯豆腐を掬い上げるときの「波打ち際」とその豆腐に託した「命の果て」に無常感の共鳴を覚えるのであり、先の「あんこう」の句と同様に古川柳が内蔵する近代的詩性を改めて見直したいものである。

七句目の「州の字」の句は次の有名句と常に対比されている。

子が出来て川の字形《な》りに寝る夫婦　初－4

最後の「足袋」の句であるが、遊女は年中素足であり、またその年季は二十七歳で明けたのでそれを詠んだものである。古川柳においては二十五から二十八までの数字は一つのキーワードになっており、その例をいくつか挙げてみる。一句目は初めて足袋を履くのでその寸法がわからないのである。

何文の足袋やら二十七の暮　雨柳　七八－5

流れるも沈むも二十余年の非　乙一　一三二－3

浮草のまだ寄る辺なき二十八　乙テ　一四八―16

次に、四世川柳の中期の秀句を挙げてみる。

我よんで泣くも我なり秋の歌　水治　九七―16

風流の梁《ウツバリ》となる川柳《かわやなぎ》　山笑　一〇〇―131

いろいろの願を天人聞きあきる　多居　一〇五―19

会者定離廓へ響く寺の鐘　その女　一〇六―7

生死流転のさし引きは汐かげん　芋洗　一〇六―11

田舎寺ひさびさ人を弔《とむら》はず　春風　一〇六―14

お膝では万事談合出来安し　麹丸　一一〇―15

会者定離近所々々が供に立ち　扇松　一一五―1

峯の寺墨絵のように帰る僧　喜月　一一五―22

人間万事さまざまな馬鹿をする　和風　一一七―7

ひょんな目を入れて達磨の貰い泣き　よしほ　一一七―25

二句目の「川柳」は「かわやなぎ」と読ませるが川柳風柳句のことである。「梁《うつばり》」とは家の梁《はり》のことで、物事の支えとなるものである。句としての川柳を詠み込んだ句は少しあり、次の句は現在でも相通じる心境である。

人情を句にし楽しむ川柳　案山子　一二六―44

また、実際の川端の柳そのものを詠んだ句も多く、その例句を示すと、

むすんだり解いたり風の川柳　千鳥　四六―14

川柳月をのせたり流したり　牛車　一一一―14

続いて、四世川柳中期の佳句を挙げると、

糧《かて》喰うと聞けばおそろし飢饉年　文呂　一一八―26

渋じみた茶碗を拾う道具市　笹鯉　一一八―29丙

命の洗濯ふん流せふん流せ　十九麿　一二一―17

桐一葉落ちておどろく寺の庭　團石　一二三別―10

坊さんはくの字になって鐘を突き　種蒔　一二四別―13

一間《ひとま》ずつ情けを仕切る別世界　玉守　一二四別―27

賑やかで淋しい名なり二軒茶屋　梅山　一二四別―34

相宿《あいやど》の恋の幕切る灯取虫　如扇　別・中―27

木賃宿人の情けの交り米　千之　一二二―1

神前へ世界の無理が溜ってる　喜柳　一二三―46

一句目の「糧《かて》」は普段の食べ物ではなく、携行用や貯蔵用の食糧または年貢米などのことをいうのであるが、ここでは種籾のことであろうか。古川柳にも庶民の哀感を詠ったこのような激しい句があるのである。

次に、四世川柳の後期（「柳多留」一四五篇まで）の佳吟を示してみよう。

鴈《がん》風呂のぬるきは人の浅き罪　柳舟　一二七－99
細廊下香車の様な風が来る　九逸　一二八－13
果はみな夢にて終るもの語り　稚龍　一二八－34
縁日で草の名を知る大都会　赤子　一三〇－24
村日雇《むらひやと》い人間わずか五十文　柳志　一三二－15
思い内にあれば顔へ出る面皰《ニキビ》　十九丸　一三五－11
仮名美しき尼寺の法度書《はっとがき》　角丸　一三五－18
楽しみは枯野ぶらぶら瓢酒《ひさござけ》　三朝　一三八－36
山伏の袈裟に三ツ四ツ葱の花　佳雪　一四二－13
世を辞して寝心広き四畳半　自慢　一四二－15
読経《どっきょう》に美音のまじる嵯峨の奥　ごまめ　一四三－24
君臣合体我が職に子を推挙　佃　一四四－23

一句目の「雁風呂」は俳句においてよく使われる春の季語であり、雁がくわえて来たと言い伝えられる浜辺に落ちている木片を拾い集めて風呂を立てることをいう。詩情豊かな語であるが、古川柳にもしばしば登場し、

鴈風呂の長湯は後が先になり　カスミ　九八－63

四句目の「大都会」や六句目の「にきび」という言葉は古くからあるが、柳句にはあまり見られない。「大都会」の例を挙げると、

居《お》りながら珍味類無しの大都会　赤子　一三四―6

五句目の「村日雇《むらひやと》い」の句であるが、五十文とはかけ蕎麦わずか三杯分の金額である。胸を打つ悲痛な叫びであり、古川柳にもこんな句があったのかと鶴彬を連想するような鋭い切れ味を持っている句である。

最後の「君臣合体」の句であるが、これもまた現在の社会をそのまま風刺しているような斬新さのある句である。親のエゴイズムはいつの世も変わらないものである。

以上で四世川柳は終わりである。次に五世川柳時代（「柳多留」一四六篇〜一六七篇）に入るが、その佳句は数少ない。しかしその中には傑出した句が散見され、以下に示す。

行列もへの字にうねる峠茶屋　我幸　一四七―11
空色をうす墨にした美しさ　三箱　一四七―25
和らかに人をわけてく勝角力《かちずもう》　株木　一四九―1
春寒しまだ御手洗《みたらし》の薄氷　一盃　一五〇―10
わずかとは人の欲なり五十年　清海　一五三―7
人間の面をと鬼の子はねだり　雨川　一五五―5
虫売りは一荷《か》に秋の野をかつぎ　夢輔　一五八―6

命拾いに捨てて来た釣道具　百々爺　一五九―30
来る年の物しり顔やこよみ売り　梅　一六〇―10
庭下駄を四五足廻す梅の花　登志　一六二―5
仮《か》り初めの事にも母の暦《こよみ》好き　太丸　一六七―8

三句目の「角力」や「関取」の句はたくさん詠まれており、その例を挙げると、
強い程猶《なお》柔和なり角力取《すもうとり》　喜柳　一五四―31
寒むそうな人に関取礼を言い　我南辺　一六四―1

六句目の「鬼」の句は現在でも十分通用する詩性句と言ってもよいであろう。

九句目、十一句目の暦の句であるが、川柳独特の優れた温かい人情句となっている。

以上、初代川柳以降の二世川柳から五世川柳までの「柳多留」について述べたが、その中には現代川柳に匹敵する珠玉のような詩的柳句が多くあるということが分かっていただけたと思う。今回取り上げたのはその中の十分の一ほどの約百二十句に過ぎないが、その全部をまとめれば『柳多留』詩性川柳句集」という一冊の書ができるほどである。現代川柳においても新しき川柳性を求めると同時に一方でこのような古きを訪ねる心を持ち、そこから学ぶ心がけが必要であろう。現代川柳にも規範となる優れた古典があるということを再認識したいものである。

第三章

柳多留拾遺

「享和元酉年（一八〇一年）〜」

ひなまつりこれからこうは姉さんの ※249 拾初－10

一寸の草にも五分の春の色 ※250 拾初－12

竹の子はぬすまれてから番がつき 拾初－15

夕立ちを四角に逃げる丸の内 ※251 拾初－15

稲妻のくだけようにも出来不出来 ※252 拾初－15

249◎生意気な妹が自分と姉の雛人形を区別しているのである。母親の場合(「宝十一礼1」)でも説明したように、江戸川柳においては家族の性格の設定が大体決まっており、姉はおっとりで妹はおてんばというのが相場。「むこのくせ妹が先へ見つけ出し　二－8」という有名句がある。

250◎この句には後の「柳多留」に次の類句が掲載されている。「一寸の草にも五分の花が咲き　柳雫　四六－6」。

251◎この句にも次の同想類句がある。「丸の内四角にかける俄か雨　若松　四八－20」。

252◎この句も「柳多留」にほぼ同じ句が見られる。「稲妻の崩れようにも出来不出来　初－15」。「宝八・九・十五」を参照。

涼み台天はどうしたものという ※253 拾初—16

月へ投げ草へ捨てたる踊りの手 ※254 拾初—19

草市へまけろまけろと日があたり ※255 拾初—20

押さえればすすき離せばきりぎりす ※256 拾初—20

山に色つけては風に声変わり ※257 拾初—22

253◎異常天気を嘆いているのであろう。現代的詩情を持つ秀吟である。「明元亀3」参照。

254◎踊りのユーモラスな姿態を巧みに表現した名句とし名高い。「明六宮3」と合わせて鑑賞されたい。

255◎これも草市の佳句の一つである。「明二桜4」を参照。

256◎「柳多留」(五—24)に同じ句が載っている。俳句の自然諷詠に対して、川柳はそれに人間が加味されるが、その人間介在のよい例とされる作品である。きりぎりすについては「宝十一松2」を参照。

257◎比喩的に曲解して、バレ句であるという説もあるが、率直に自然を描写した句としてよいと思う。

年の暮れはなしの奥に春がありで
拾初―23

いつわりは人間にあり室《むろ》の梅 ※258
拾初―24

いつかいい春におもてはなっている ※259
拾初―26

本降りになって出て行く雨やどり ※260
拾初―27

寂莫《しくばく》として先生は鰒《ふぐ》を喰い ※261
拾初―28

258◎室《むろ》は食料などを保存するための建物や穴蔵のこと。温室の暖かさに梅の花が早く咲いたのである。詩情のある佳吟として知られる。

259◎俳句的な佳吟。「柳多留拾遺」は「柳多留」に漏れた「川柳評万句合」の句をさらに抜粋して集大成したものであるが、「柳多留」よりも俳諧的で抒情性のある詩的柳句が多い。これはその代表的な作品である。

260◎雨宿りの代表句として有名。「安六松2」「天四松1」参照。

261◎「明七義3」を参照。

人体を見て塩をさす料理人 ※262

拾初―36

仲人は雨までほめて帰るなり ※263

拾初―37

親ゆずりだと盃をしゃぶらせる

拾初―37

お淋しゅうござりもしょうと帽子とり

拾初―38

川留めにてにはを直す旅日記 ※264

拾二―3

262◎「明二満2」「天五宝3」を参照。

263◎仲人のそつのなさを端的に捉えた句として有名。

264◎次句および「宝十二智2」を参照。

名物を食うが無筆の道中記 ※265　拾二—4

うれしさを取り返さるる鐘の声　拾二—6

うらみいう声がくもれば目にしぐれ　拾二—7

忍ぶ夜の蚊はたたかれてそつと死に ※266　拾二—7

美しいびんぼう神に気がつかず　拾二—9

265◎「柳多留」(三八—3)に同じ句があり、作者名は「躬夕」となっている。

266◎男女の忍び逢いを間接的に巧みに表現して、膾炙している秀句である。

いつの間に男に馴れた琴のつめ　拾二―11

ほれたとは女のやぶれかぶれなり※267　拾二―13

口べにの時くちびるに反りを打ち　拾二―17

茶屋女せせなげほどな流れの身※268　拾二―18

子が一人出来てそれなりけりになり※269　拾二―18

267◎これもよく知られている句。「宝八鶴」を参照。

268◎流れの身とは狭斜の身の上を言うのであるが、一つの流行語になっていたようで、この関連の句はたくさん見ることができる。代表句を示すと「田も畑も水にとられて流れの身　佃り　八二―20」。また、遊女の身の上を泥水稼業と言ったが、それに対して、素人の女性を清水《せいすい》、茶屋女を「せせなげ」と称した。せせなげ（溝）とは小溝のことと長屋の間を流れる下水の溝のことである。「安九智4」「拾七―16」「拾八―11」を参照。

269◎子供ができたので勘当もとけたのである。参考句に「三人になって勘当許される　明六宮1」。

葉桜になって折々味な夢　拾二—20

柿の皮こうむくものとずっと立ち　拾二—25

闇にあやあるで娘の門涼み※270　拾二—28

蟻一つ娘ざかりをはだかにし※271　拾三—1

握りたい手へちょっぽりと押してやり　拾三—5

270◎「安六・五五会」参照。

271◎うら若い娘さんのほほえましい様子。古川柳おなじみの小動物の佳品として知られる。

真実にはでな言葉はなかりけり※272　拾三―6

行く末は誰が肌ふれん紅の花　拾三―9

うつくしい手のかけまわる琴の上※273　拾三―10

あんなのは見ぬと女のいうおんな　拾三―10

南無※274女房乳《ちち》を飲ませに化けて来い　拾三―13

272◎「宝十二義1」参照。

273◎「天七豊2」を参照。

274◎「南無」は信じ敬って帰依することを表す語であり、そのあとに帰依の対象を付けて強調するのに用いられる。乳飲み子を置いて逝ってしまった女房への切々たる叫びである。

いいかげん損得もなし五十年 ※275　拾三―15

音楽にわけぎのような笛もあり　拾三―19

大仏は見るものにして尊まず　拾三―20

女をば魚類のうちへ入れて置き ※276　拾三―32

神主は人のあたまの蝿を追い ※277　拾四―2

275◎人生五十年と言われたが、「五十年」という言葉は音数の良さもあってか、数多く使われている。代表句を挙げると「わずかとは人の欲なり五十年　清海　一五三―7」。「拾九―11」参照。

276◎おもしろいユニークな句である。いろいろな解釈があると思うが、参考までに次の句を示しておく。「女のすごさ蟹の足がありがり一七―1」。

277◎蝿の有名句。生真面目と滑稽の紙一重の差を表現して見事。「明元梅2」参照。

宵まつり盆に小豆《あずき》の通り雨 ※278

拾四―4

御真筆つまる所は銭の事

拾四―7

優曇花《ウドンゲ》を小麦の花と覚えてい ※279

拾四―11

昔から知れぬで人の命なり

拾四―14

鳥も鳴け鐘も鳴れ鳴れふられた夜

拾四―24

278◎風情のある句。通り雨および様々な雨については「宝十一義3」を参照。

279◎優曇華《うどんげ》は三千年に一度花を開き、その時は如来が出現すると言われる花。そう言えば、小麦の花を見たことがないが…。

暮れの文あわれなりける次第なり　※280
拾四―27

もてぬやつつれなく見えし別れより
拾五―1

闇となり雲となったるおもしろさ
拾五―2

その女を憎みその顔を憎まず　※281
拾五―5

畳屋は手の舞う足の踏むところ
拾五―7

280◎「安五仁4」「拾七―15」を参照。

281◎「傍三―25」に同じ句がある。

ふろしきも今は何をかつつむべき※282　拾五—7

歌ばかりよくてさっぱり始まらず　拾五—11

極楽とこの世の間《あい》が五十間※283　拾六—11

待つ顔へ桜おりおり散りかかり　拾六—11

うつむいていているのが心待ちと見え　拾六—11

282◎「笘初—33」参照。

283◎日本堤から吉原大門へ下る坂は衣紋坂と言われ、その下り口には見返り柳があった。将軍が鷹狩りの来るときに見えないようにその道はS字形に曲がっており、その長さから五十間道と称した。まさに、極楽とこの世の距離ということである。

来たかとも言わず来たとも言いもせず　拾六―12

子を売った金いなずまのように消え　拾六―14

町風に化けて一日気を晴らし　拾六―21

いつ来ても神はあがらせ給いけり　拾六―21

心中はほめてやるのが手向《たむ》けなり※284　拾六―24

284◎「天元礼1」を参照。

心待ちかき立てる灯に虫も来ず※285　拾七―1

傾城《けいせい》のしゃんと据わりしもの思い　拾七―4

あっけない夜を傾城《けいせい》にすねられる　拾七―10

暮れの文今死にますと書いて来る※286　拾七―15

浮かぶ瀬に気はおよげども流れの身※287　拾七―16

285◎灯に集まる虫一般を火取虫《ひとりむし》というが、普段はうるさい虫も一匹も来ないとなると寂しいものである。参考句として次の秀吟がある。「相い宿の恋の幕切る火取虫　如扇　別・中―27」。「新十九―8」参照。

286◎「安五仁4」「拾四―27」参照。

287◎「拾二―18」「拾八―11」を参照。

この頃は宗旨《しゅうし》を変えて内にいる　拾七―17

小夜ふけて風情ありげな忍びごま※288　拾七―20

無縁法界※289壁際に五六人　拾七―26

心待ち奥歯にもののある夜なり　拾八―4

廊下から秋を覚える上草履　拾八―6

288◎忍駒《しのびごま》は三味線の胴と弦のあいだにはさんで、音が高くならないようにする小片（駒）。句語の通り、風情ある光景である。

289◎無縁法界は無差別平等のことであるが、転じて一般社会、世間、人間すべてを言う。真意は遊里の張り見世のことを言っているのであろうが、現代のサラリーマンにも当てはまりそうである。

ひそひそと廊下に顔がとどこおり　拾八－9

客の気をくみくみ嘘を流れの身※290　拾八－11

すずしさは座敷をぬける鐘の声　拾八－11

風に身をまかす柳の一かまえ※291　拾八－15

心待ち岸うつ浪の音ばかり※292　拾八－19

290◎「拾二－18」「拾七－16」参照。

291◎「明四宮3」を参照。

292◎「柳多留」(九－22)に同じ句が収録されている。「浪(波)の音」は、種々の切ない想いを寄せてよく使用される語句である。「安六礼5」「天七・九・十五」など参照。

寝そびれていっその事に飯を喰い ※293　拾九－11

聞く人も心で五割り引いておき　拾九－11

半分は枕へ分ける五十年 ※294　拾九－11

なる場所でならぬも飛車の一器量　拾九－12

子を持って近所の犬の名をおぼえ　拾九－13

293◎「拾十－12」参照。

294◎「拾三－15」を参照。

然ればという所から先をよみ　拾九―14

かせぐより遊ぶ姿に骨がおれ　拾九―19

思案する肩に一すじ縄すだれ ※295　拾九―22

夜よりは昼見るための石灯籠《いしとうろ》　拾九―22

先生へいかがと問えばそんなもの ※296　拾九―26

295◎簾の性質をよく捉えた佳句。「桜7」参照。

296◎「そんなもの」とは解らないのか簡単過ぎるということか、昔から先生とは大体そんなもので案外いい加減なのである。「宝七・十一・五」を参照。

そり橋を先へ渡って口をきき　拾九—29

両の手であくびをぐっとさし上げる※297　拾九—30

通りぬけ無用で通り抜けが知れ※298　拾十—6

※299庵の戸へたずねましたと書いてはり　拾十—8

ぶつまねは握りこぶしへ息をかけ　拾十—10

297◎「天五宝3」参照。

298◎「柳多留」（八—35）に同句がある。

299◎「宝十一天1」を参照。

寐そびれた夜は蔵をたて家をたて ※300　拾十―12

ささやきは柱へ疵を付けて行き　拾十―16

ふろしきを解けばかぼちゃと伯母の文 ※301　拾十―21

重箱へおいしい声が寄りたかり ※302　拾十―22

あいさつにむだな笑いのある女 ※303　拾十―23

300◎「拾九―11」参照。

301◎「筥初―33」を参照。

302◎「柳多留」にほぼ同じ同想類句があり、「重箱はおいしい声に取りまかれ　靜好　七二―18」。

303◎前句と同じくこれも「柳多留」に類似句があり、「あいさつに女はむだな笑いあり　二一―5」。このように、「柳多留」と「柳多留拾遺」には全く同じ句や極めて酷似した句が載っているのであるが、このことは「初代川柳選句集」各種や後の「新編柳多留」においても同様である。これは江戸川柳全般を通じて見られることで、これを盗作とするか、単なる偶然の一致とするかは百年以上にわたる時間的経過もあるので難しい問題である。

夢さめてそこらあたりをさがして見　拾十−26

人に物ただやるにさえ下手があり　拾十−26

乳母同士対決になる柿ひとつ※304　拾十−27

琴になり下駄になるのも桐の運※305　拾十−31

客の気になってもみたり庭つくり　拾十−31

304◎これも同様に「柳多留」(四一−14)に同じ句がある。お互いの乳母が自分の子供のために柿の木に残った一つの実を争っているのである。

305◎これも「柳多留」に次の類句が存在している。「下駄となり仏となるも木々の運　如雪　一一二−5」。「柳多留」二十四篇までと「柳多留拾遺」は両方とも「川柳評万句合」からの抽出であるので、たまたま同じ句が収録されたとしてよいが、この掲出句の場合を例にとると、「柳多留拾遺」十篇は寛政元年(一七九六年)の発行であり、「柳多留」一一二篇は天保二年(一八三一年)の発行であるので、三十五年の時を経ており、また、題材そのものも普遍的であるので、盗作どうかの判定は難しいと言えるであろう。

のぼっても峠を知らぬ欲の道

拾十―32

越しかたを思うなみだは耳へ入れ

拾十―34

江戸後期から明治初期の川柳

前述の二回にわたって初代川柳以後の「柳多留」の詩的川柳を眺めたが、それはほんのわずかであって全体の一パーセントほどに過ぎないということを再確認しておきたい。その大部分は狂句調柳句であって、江戸末期の川柳は退廃の極に達していた。

そのことは「柳多留」の発行状況を見ればよく分かる。初代川柳時代の「柳多留」第二十四篇までの発行には二十七年の歳月がかかっているが、次の二十年間（一七九一年～一八一一年）で二十五篇から五十八篇までの三十四篇が発行され、さらに次の二十年間（一八三一年まで）において第百十二篇までの計五十四篇、そして最後の九年間（一八四〇年まで）においては実に五十五篇が発行されるという乱脈ぶりであった。五世川柳腥斎佃《なまぐさいたづくり》は天保十二年（一八四一年）に「新編柳多留」を刊行してその混乱に終止符を打つが、その初篇の序文においてその辺のことを次のように記している。

「(「柳多留」は) 百余りの冊子とはなれりしが、ゆへよしありて今其《その》数さだかならずなりぬ・・新たに編を改め初めの巻とし」

と、川柳宗家自身さえもその出版の状態を掴んでいないありさまであった。

その退廃的な狂句調川柳の端的な例としてここで全「柳多留」の最掉尾《ちょうび》である第百六十七篇第三十丁を示してみよう。「柳多留」全十一万余句の最後の八句である（原句のままを示す）。

紫蘇の葉がとりもって遣る梅の色　麹丸
お舩にハのれず六蔵岡で焼キ　夢覚
瓜田より麦の畑が不埒《ふらち》也　露舟
娵《よめ》湯あみおつな所へ菖蒲の根　北馬
矢場娘モウ天鵞絨《ビロード》の瓦燈《くわとう》口チ　奴
数百本おつ立ツ朝の駿河町　季丈
草深ひ池で蝮蛇《くちばみ》かすり疵　鯱
大尾
椎の實か豆か分らぬ腹の中　秋国

理解するにはかなりの知識が必要であり、抹消的なトリビアリズムに陥っていることが分かるであろう。

五世川柳腥斎佃《なまぐさいたづくり》は安政五年（一八五八年）に七十二歳で没し、その長男ごまめが六世川柳を継ぎ、明治十五年（一八八二年）に六十九歳で逝去する。その五世、六世の江戸末期から明治初期へかけての川柳は川柳の闇の時代と称される狂句の期間であった。

ここで、川柳と並行して盛んであった雑俳と俳諧の当時の様子を見てみよう。

次は嘉永四年（一八五一年）に名古屋において発行された「狂俳天狗七部集」という雑俳集で七作家による自選三十六句集である。

明治維新（一八六八年）の十七年前である。

正直もの　立派に呑んで潰れたり　花樗　竹馬

居候　どのくらい寝る寝せて見る　仰光堂仁瓶

そっとあけ　今頃までと母あまい　幸舎　呉鶴

さらにもう一例として同じく嘉永四年（一八五一年）に名古屋で発行された「狂俳指使篇」の中から拾い出してみるが、これは息子が父の還暦の祝いに編んだ賀集である。

命からがら　片足くれて虫逃る　竹　部

美しい尼　文をもやして灰隠す　子宝巻

隣から　其猫連て侘に来た　白　水

一方、俳諧（俳句）の方もまた蕪村が取り戻した詩情を失い、月並み俳句と言われる低俗な句が支配しており、その革新には明治の正岡子規を待たねばならなかった。次の句は天保期（一八三〇年〜一八四四年）の三大家と謳われた成田蒼虬《そうきゅう》、田川鳳朗《ほうろう》、櫻井梅室《ばいしつ》の作品であるが、月並みで単純であり、鑑賞に値するほどではない。

我《わが》たてるけむりは人の秋の暮　成田　蒼礼

下駄《げた》の歯を蹴欠《けかい》て戻る師走かな　田川　鳳朗

名月や草木に劣る人のかげ　櫻井　梅室

いよいよ明治時代となるのであるが、明治初期の川柳界は江戸の流れを受け継いだ柳風狂句調の「柳風会」が主流でその中心は九世川柳前島和橋であったが、それ以前の七世、八世川柳もまた前代からの流儀を忠実に守った。なお、八世の後を継ぐ九世川柳の選出に当たっては醜聞的争いがあったことは有名である。それらの数代の川柳の流派は「柳風調」と呼ばれたが、うがちの精神を失った言葉遊び的なものであった。さらに明治十年頃から「団珍調《まるちん》」と呼ばれる新興の川柳が流行し始め、明治川柳界は「柳風調」と「団珍調」に二分される。「団珍調」は「團團珍聞《まるまるちんぶん》」という雑誌が募集し掲載したものであるが、しかしそれもまた同様に狂句の類であった。

「團團珍聞《まるまるちんぶん》」は日本において初めて活版刷を使い、全国規模で数千部の発行をするという、週刊のマスメディア漫画雑誌であった。明治十年（一八七七年）三月に創刊され、同四十年まで千六百五十四号（?）まで発行された。時事的な風刺戯画・戯文の他に狂歌、狂句を載せ、川柳も初期には掲載している。ここで川柳を中心にその足跡を辿ってみよう。

第一号には「雑録」の中に次の句が見られ、一句目は無題、二句目は「電信」の題である。

電信の柱たふれて腰がぬけ　柳風《せんりゅう》　第一号明10・3・14

稲妻《いなづま》のどこまで行《ゆく》や海《うみ》の果《はて》　亂説《らんせつ》　同

第二十五号頃から第百四十号頃までは「川柳」という項目が現われており、例を示すと、

惜《おし》さうに見てフラソコの酒をつぎ　木一庵　第二五号明10・9・8

這《はえ》ばたて立《たて》ば轉《ころ》べと猫《ねこ》のおや　西京百一生　第一四三号明13・1・7

妻《つま》ハテナ亭主《ていしゅ》の烟管《きせる》下女《げじょ》の部屋《へや》　矢来清風堂　同

それ以降は特に種別の項目はなくなり、一括して掲載されるようになるが、同時に「狂体發句《きゃうたいほっく》」「狂体俳句《きゃうたいはいく》」という種類が現われて来る。次の句は「狂体發句」の例である。

聲色《こわいろ》もつかふ様《やう》なりやくはらひ　静岡乙空　第七三四号明23・1・4

貌《かほ》つきもかたき役《やく》らし河豚《ふく》の友《とも》　函芝蘭　同

また、「狂体俳句」の例も示すと、

日曜《にちえう》をつけ込《こ》むスリや花《はな》の土手《どて》　春睦舎静夢　第八三八号明25・1・2

出雲《いづも》のかみの化身《けしん》かも朧《おぼろ》づき　春鶯庵主人　同

最後に「團團珍聞《まるまるちんぶん》」末期の句を示すが、その項目は「狂句」となっているものである。

河童《かっぱ》の年始《ねんし》尻子玉《しりこだま》おとし玉《だま》　車山人　第一五七三号明39・1・1

新年《しんねん》の河《かは》きよらかな句《く》も浮《うか》み　海亭　同

ところで「團團珍聞」の余談として、劇作家として有名な小山内薫《おさないかおる》が東亭扇升という表徳で狂句、狂歌の常連寄稿家となっていた。次の例は課題吟「上句附《かみのくづけ》」の薫の句である。

題・低《ひく》い聲《こえ》やら高《たか》い聲《こえ》やら（大浮かれ）

密談《みつだん》のとなり座敷《ざしき》はおほうかれ　東亭扇升　第一二〇五号明32・3・4

以上、「團團珍聞」の例を取り上げたが、概して「明治狂句」と称される退廃的な駄句が氾濫していたことが明白である。さらに、「団珍調《まるちん》」に対するもう一方の「柳風調」の例を挙げてみる。次は明治三十年発行の「明治新調・柳樽狂句合《やなぎだるきょうくあわせ》」第一巻（催主：亀遊、都楽、一三六、二氷）の中の句であるが、これもまた同様に狂句であることが分かる。

電線を張られ凧屋は上ツたり　氷月
明るくなつて化物も出ぬ明治　帰松
西洋の義太夫まだパンは出来ぬかや　雉来

「柳多留」「新編柳多留」においては狂句調の中にきらりと光る詩的柳句がわずかながら垣間見られたのであるが、明治以後はさらに狂句調が増し、詩性的川柳は全く影をひそめてしまった。「明治狂句」と称される川柳の闇の時代の到来であり、それは江戸末期からを含めてほぼ百年間続いたのであった。その狂句調川柳を初期「柳多留」の時代に還し、川柳の詩性を回復しようという動きが生じるのは明治も末の明治三十年代からであった。阪井《さかい》久良岐《くらき》、井上《いのうえ》剣花坊《けんかぼう》らのいわゆる「明治新川柳運動」であり、それ以来川柳は「明治狂句百年の負債」を返し続けることになる。

川柳中興の祖と呼ばれる久良岐、剣花坊らの活動からそれ以後の近代川柳の足跡についてはまた新しく稿を改めて述べる必要がある。それは現在までのさらに複雑で膨大な川柳の歴史を辿るという息の長い大きな努力が要求されるであろう。

第四章

新編柳多留

「天保十二丑年（一八四一年）〜」

ひと足ずつに売れて行く蛸の足

百姓　新一―3

紙屑の中から燃える悋気の火

歌女　新一―4

海苔さらさらと押し揉んで坊主蕎麦※306

鶴芝　新一―6

我が心ぶら下げて見る花の枝

壽山　新一―7

蹴合ってるように嵐の葉鶏頭

都々一※307　新一―7

306◎「坊主蕎麦」とは江戸末期に両国橋近くで評判の蕎麦屋。ちなみに、江戸中期の寛延年間には浅草の称往院の道光和尚がたしなむ蕎麦切りが有名となり、道光庵《どうこあん》として繁盛した。「道光庵人がらのよい買い喰らい　三―12」。

307◎作者の都々一は浮かれ節の元祖・初代都々逸坊扇歌《どどいつぼうせんか》である。「新七―20」「新三十三―14」には扇歌という柳名でも作品がある。「新九―19」「新三十八―23」参照。

のぼりまで川の字なりの初節句 ※308

木卯※309　新一—10

鬼の捨て子を金棒であやしてる ※310

古京　新一—13

からすみで三つ四つ二つ詫びた酒 ※311

帆布　新一—14

こよりの人形なまめいた呪を唱え ※312

株木　新一—16

重そうに櫛さし直す物おもい

よしほ　新一—24

308◎有名句「子が出来て川の字なりに寝る夫婦　初—4」を受けた句であるが、さらに子が増えると「子沢山州の字なりに寝る夫婦　木馬　九二—14」ということになる。

309◎戯作者の柳亭種彦は種彦また は木卯《もくう》という柳名で「柳多留」に多くの句を残しており、三七一句を数える。ただし、この句の作者の木卯は二代目の別人で、花菱という作者にその号を譲ったのである。

310◎現代の詩性句的に比喩的に解釈するとおもしろい作品。鬼については「宝十一鶴2」を参照。

311◎からすみは鯔《ぼら》などの卵巣の塩漬けで粋人が珍重するもの。

312◎人形にルビがないのでこれは「にんぎょう」と読むのであろうが、次々句には「ひとかた」と読むように送り仮名がしてあるので、参照されたい。

こよりの人形《ひとかた》切れ文の端で出来 ※313

貞年　新二―5

茶の花は世の世話ごとを葉にまかせ

百河　新二―10

碑の銘は読めぬところへ一《ひと》柄杓

亀友　新二―13

屁の玉の幽霊らしいのはシャボン ※314

夢輔　新二―13

我が心白きを好む墨衣 ※315

亀友　新二―14

313◎前注を参照。「切《き》れ文《ぶみ》」は「宝十一仁3」を参照。

314◎石鹸と書いてシャボンと読ませるが、江戸時代に伝わり、石鹸《シャボン》玉売りが流行った。「石鹸売り儲けも風の吹き廻し　叶　一三七―8」。外来語は江戸川柳にけっこう多く見られ、ビードロ（硝子）、オルゴール、びろふど（ビロード）、エレキテル、ふらそこ（フラスコ）などがある。特に、日本語を外来語風にカタカナでもじっている語句が時々見受けられ、例えば、「菓子鉢は蘭語で言うとダストヘル　芋洗　一〇八―1」「新世帯蘭語で言えばヒルモトル　三朝　一五九―1」など。「出すと減る」と「昼も取る」をカタカナで表現したのである。

315◎参考句に「白無垢の姫に見とれる墨衣　壽山　八一―23」。「新四十―13」参照。

相談を外へ持ち出す涼み台 ※316　　エイ　新二―15

訴状にも縁起の交じる田舎寺 ※317　　太丸　新二―20

かしぐ船蛍ひとつの重みなり ※318　　今人　新二―24

知りながらさて行きにくい直《す》ぐな道　　壽山　新二―26

くちゃくちゃとして世を渡る洗濯屋 ※319　　エイ　新二―27

316◎「明元亀3」を参照。

317◎村の寺、田舎寺、谷の寺、峯の寺、無住寺など無常感を表わすお寺の句が多数あり、秀句が多い。「天三天2」「新四―9」などを参照。

318◎「宝七・十・五」参照。

319◎洗濯屋は江戸末期に現れている。この「新編柳多留」初編は一八四一年（天保十二年）の刊である。ちなみに、江戸時代には遊廓で遊ぶことを命の洗濯と言ったようで、「命の洗濯ぶん流せぶん流せ　十九麿　一二二―17」などたくさん詠まれている。

草に一筋引き船の道を付け　舛丸　新三―6

値をふんでいるとは見えぬ花作り　象子　新三―7

水のほかみな不自由な谷の寺※320　舛丸　新三―8

ねだられて庵主がさがす花鋏　梳柳　新三―16

人間万事無心から仲違《なかたが》い　乙テ　新三―19

320◎「新二―20」参照。

師の恩の重きは軽き筆走り ※321　佳友　新三―20

なんでもと言うとまごつくおもちゃ店 ※322　愛一　新三―22

呼ぶ戻る戻る行く呼ぶ別れ際　佳友　新三―22

混む中を押さず押されず角力取り ※323　亀友　新三―23

琥珀の光り硝子《ビードロ》の猪口の酒 ※324　佳友　新三―23

321◎「宝八・八・二十五」を参照。

322◎「おもちゃ」は江戸時代頃は「もちゃそび」と一般に呼ばれていたが、これは関西から入ってきた「持ち遊び」がなまったもの。さらにこの「もちゃそび」が「おもちゃ」になったとされる。幕末の発行である「新編柳多留」はかなり現代に近い言葉が使われていたことが分かる。

323◎「明二梅4」参照。

324◎「硝子」と書いて「ビードロ」と読み、江戸川柳に数多く登場する語句である。外来語については「新二―13」に既述。ビードロの句は「新五―27」にもあるが、他に示すと、「硝子の菓子赤いのが心の臓　山　別・下―9」。

止まり木へ止まったような梟の文字 ※325　　愛一　新四—1

初縁の箪笥引き出しもチトきしみ　　松丸　新四—3

桜より柳に習え人心《ひとごころ》　　寿山　新四—4

笑われぬために泣かせる親の慈悲　　亀友　新四—4

大いなる物に鶏の子譬えられ ※326　　鼡六　新四—8

325◎「梟《ふくろう》」という文字の形がいかにも木に止まっている梟そのものに見えるということであるが、このように、江戸川柳においては文字の形状をユーモラスに詠んだ作品が多数作られている。代表的な例を挙げると、「凸凹《だくぼく》という字無筆も感じ入り　一笑　九二—7」。

326◎「傍四—17」を参照。

露を踏み霧をわけ行く峯の寺 ※327

夜宴　新四―9

借りて来た金稲妻のように消え

川升　新四―10

これほどの橋に人なし冬の月

五連　新四―16

妙のある僧に心の太刀を折り

[redacted]　新四―16

金魚《きんぎょう》の糞線香の灰のよう ※328

麓　新四―21

327◎峯の寺には情緒のある句が多い。「新五―20」「新十三―21」「新三十四―10」など。「新五―12」の注釈を参照。

328◎「傍初―3」を参照。

麦飯で封じた文を廓で泣き　一豊　新五－2

苦しい息を印形《いんぎょう》へかけて押し　柏我　新五－4

餌をねだる子雀《こすずめ》おんぶしようの身　麓　新五－5

惚れているように女の主《しゅ》※329おもい　麓　新五－6

流れ来る塵も通さぬ鴛鴦《おし》※330のなか　蘭照　新五－8

329◎原句には「主ゥ」と送り仮名がある。

330◎鴛鴦《おしどり》は夫婦の仲の良さの象徴としてよく出てくる動物。一例を挙げると、「一羽でも二羽でも鴛鴦《おし》あわれなり　金牛　六三－1」。「宝九天」参照。

鐘撞きの足跡ばかり寺の雪 ※331　木山子　新五―12

庵の戸を雲なき月に閉めかねる　花雪　新五―17

海ばかり海でいるなり雪の朝　喜柳　新五―18

釣り鐘を夕日の覗く峯の寺 ※332　升丸　新五―20

硝子《ビードロ》の金魚のような窓の美女 ※333　株木　新五―27

331◎関連句として、「雪にまだ足跡もなき峯の寺　木賀　一一五―22」。

332◎これも峯の寺の句。前注および「新四―9」を参照。

333◎「新三―23」を参照。

落ちた櫛四五へんおどる琴の上※334
喜柳　新六―4

笠に笠着せる田植えの昼休み
雨龍　新六―4

行ってみりゃ文の文句の半分も
北松　新六―4

どこ見ても横道はない奇人伝
丸龍　新六―6

晩までの空を請け合う渡し守り※335
太丸　新六―7

334◎櫛は女性の命であり、男女の微妙な仲を表現する格好の小道具となる。次の句が有名。「泣くときの櫛は炬燵を越して落ち　二―14」。

335◎「安七天1」参照。次句も同じ。

間をみては畑《はた》打ち鄙《ひな》の渡し守り　如松　新六―7

つまんだ手ぬらりと臭し葱の花　※336　草露　新六―13

いたずらをして泥水にころげこみ　キンコ　新六―21

段々と左の痩せる巻き暦　勢鹿　新六―25

化かされた身振りで稼ぐこんにゃく屋　※337　佳友　新六―27

336◎参考句として「山伏の袈裟に三つ四つ葱の花　佳雪　一四二―13」。

337◎蒟蒻《こんにゃく》を作るときは、大きな桶に原料（蒟蒻の球根の粉と石灰）を入れて足で踏むのであるが、その滑稽な動作を詠んだものである。

埋《うず》もれた道を世に出す落ち葉掻き　※338

宝恵　新七―1

名も知らぬ木の葉栞《しおり》に旅日記　※338

桂　新七―6

清貧は綴《つづ》れを纏い恩を着ず

麓　新七―9

無心の雲立ち何となく一時《ひと》雨　※339

扇歌※340　新七―20

一生を心も空に天文者　※341

ゑい　新七―22

338◎「宝十二智2」参照。

339◎「宝十一義3」を参照。

340◎作者の扇歌は都々逸の浮かれ節の元祖・初代都々一坊扇歌。「新一―7」を参照。

341◎天文者はかなり変人とされていたようで、その奇行を詠んだ句が多い。「新八―8」もそうであるが「鞠の骸骨まわしてる天文者　エイ　一二六―1」。

家相に凝って水瓶の置き場なし　しらふ　新七―23

米を舂く水の流れで米をとぎ　※342　夢輔　新七―24

我が身から気後れの出る初白髪　いろは　新七―25

手先も切れる極寒の研ぎ盥　錦糸　新七―27

虫干しの本屋ぬかるみ歩くよう　麓　新七―27

342◎意味深長な句である。

冬籠り実はこの頃苦しがり　流蛍　新八―5

赤面で傘《からかさ》借りる天文者※343　蛙柳　新八―8

絶景も埋《う》もれ木でいる片田舎※344　谷清　新八―10

雪の夜は炭を積んでも凌がれず　小清　新八―10

縫うそばで袖ばかり着て嬉しがり　鼻仙　新八―11

343◎前々注を参照。

344◎片田舎もよく使われる言葉。「新十四―25」「新二十―25」を参照。

能舞台のろりのろりと急ぎ候《そろ》
松駒　新八―12

誉めるのか唇動く瀧の景
貞年　新八―13

おのが田へ欲の水引く踏み車 ※345
縫惣　新八―19

雪はしんしんと猟人家を出る ※346
夜宴　新八―20

親に似ぬので人並みな角力の子 ※347
よしほ　新八―23

345◎踏み車は足で踏んで水を汲み上げる水車。

346◎俳句的秀吟。近代的発想の芽生えである。

347◎「明二梅4」参照。

隣り同士梅を誉めるも詩や発句 ※348
松丸 新九―4

褪めやすき色香は廓の夢見草 ※349
里住 新九―7

湯治風呂誰が肌触れん貸浴衣
十種 新九―13

投げられて心替わりのする鋏
至泉 新九―16

案山子を盗む夕立ちのでき心 ※350
山品 新九―16

348◎「安元智1」参照。

349◎夢見草は桜のこと。

350◎雨を防ぐため案山子《かかし》から笠や衣類を失敬したということであるが、その結果、「安六松2」の次第となる。

契情《けいせい》の桜は年の一里塚 ※351
勢鹿　新九―16

招かぬに入り日の残る夕紅葉
都々一坊　新九―19

雪の夜に川ばた柳水を飲み
井桁　新九―23

手を打てば諸国の珍味寄るが江戸 ※352
百々爺　新九―23

芭蕉の葉尺取り虫もくたびれる
新富　新九―24

351◎前述したように、毎年、花のときだけ移植し、咲き終わるとすぐ撤去する吉原の桜のことを言ったもの。「葒24」参照。

352◎関連句として「居りながら珍味類なしの大都会　赤子　一三四―6」があり、当時、人口百二十万人で世界第一の巨大都市であった江戸には諸国の珍味が集まったのである。

夏の客風をたたんで暇ごい　我南辺　新十―3

蝋燭に骨を出させる強い風　笑渓　新十―5

ほころびたとこから見える山桜　秀月　新十―9

猫の眼と子供心や秋の空※353　瓢、　新十―10

鬼灯はからくれないの秋の空※354　呉竹　新十―13

353◎昔から秋の空は変化の早いものとされて来た。次句および「笘二―追6」を参照。

354◎前注を参照。「からくれない（韓紅）」は紅の濃い色。

独りうなずく仕立て屋の急仕事　麓　新十―16

傾城《けいせい》の誠の涙仏の日　鯉好　新十―20

この酒はわしらが汗と作男※355　其楽　新十―20

水菜買う嫁にやさしき売り言葉　染長　新十―24

天の川走った星の水すまし※356　烏水　新十―25

355◎作男は雇われて田畑を耕作する人であるが、下積みの人間の哀感が滲み出ている秀作である。近代が近い幕末頃にはこのような人間性への目覚めの作品が散見されるようになる。

356◎「明六義3」参照。

行く先は我さえ知らぬ僧の旅　寿山　新十一―3

撫でてゆく地蔵の顔も三度笠※357　夢輔　新十一―3

仏師が丹精木像へ髪を植え　一豊　新十一―4

夜の雪だまって積もる独り酒※358　如扇　新十一―7

おもちゃの鶏子《とり》の起きた跡で啼き　雪杉　新十一―7

357◎江戸では毎月三度、定期的に江戸、京、大坂間を飛脚便が出たが、その飛脚がかぶった笠をそれに因んで三度笠と呼ぶようになった。

358◎「新二十四―28」参照。

耳ばかり起きて寝ている犬や猫　よしの　新十一—8

魂棚《たまだな》※359は杉葉はあれど水ばかり　イワキ松人　新十一—12

掃きよせて惜しむ椿の花の数　如扇　新十一—16

今日難所旅籠《はたご》の外の握り飯　文子　新十一—18

図体《ずうてえ》※360に似合わず鯨やさしい眼　鶴芝　新十一—20

359◎「宝九満」を参照。

360◎原句では、「図体」は「づうてへ」と平仮名になっている。参考句に「新二十一—29」。

縁切りに有髪《うはつ》で仮の世捨て人　川升　新十二―14

振り向いてから思い出す知った人　木卯　新十二―14

紫蘇の葉が取り持ってやる梅の色　麓　新十二―19

にょっきりと落ち葉の中に石地蔵　亀笑　新十二―22

初蛍一つまだ寝ぬ子へ土産　※361　縫惣　新十二―22

361◎「宝七・十・五」参照。

群雀《むらすずめ》※362案山子の笠に雨舎《あまやど》り　太丸　新十二―23

船風呂※363や今日は向こうの岸で焚く　愛一　新十三―5

系図ある家が田舎の瓦葺き　夜宴　新十三―7

角力取り※364赤子を抱いて手がふるえ　夜宴　新十三―8

下手の漕ぐ舟も又よし夏の月　[redacted]　新十三―12

362◎群雀（村雀）は群れをなしている雀。

363◎当時、舟の中で行水ができるようになっている行水舟（湯舟）というのが深川などにあり、船頭や付近の住民が利用した。舟風呂はそれを言ったものであろうが、何となく風流であり、詩情のある俳諧調秀句である。

364◎「明二梅四」参照。

貧家にも富家にも満ちる微塵芥 ※365 谷清 新十三―20

釣瓶ほど下りて水汲む峰の寺 ※366 如翠 新十三―21

やさしい中に大声は京の鐘 寿 新十三―23

木の枝へ鮒を取られる下手な釣 しらふ 新十三―25

枯れ芦は氷《こお》り付いてる風の形《なり》 揚吉 新十三―25

365◎比喩をこめた佳吟。

366◎「新四―9」を参照。

売り家の置き土産なり蠅たたき　馬笑　新十三―26

呑み干したように野分の瓢酒 ※367　愛一　新十四―3

掃除を風にまかせてる峯の庵　雀芝　新十四―3

浮き草も花を咲かせる流れの身 ※368　木卯　新十四―7

上下《うえした》へ月を見て行く筏さし　木卯　新十四―10

367◎瓢《ひさご》は瓢箪《ひょうたん》や夕顔などの果実の内部を繰り抜いて乾燥させた容器。それに酒を入れて携帯した。枯れた風流な様子。関連句に「楽しみは枯れ野ぶらぶら瓢酒　三朝　一三八―36」。

368◎「拾二―18」参照。

塵ぐるみ吸うはこぼした琥珀酒　愛一　新十四―14

掃き寄せて捨てるを惜しむ落ち椿　寿山　新十四―16

別荘の畳奇麗に古びてる※369　寿山　新十四―16

恋の糸口綻びをちょっと縫い　青志　新十四―18

枝豆は湯上がり塩の夕化粧　まつら　新十四―23

369◎あっさりと様子を表現した佳句である。

聞く度に道法《な》り違う片田舎 ※370　鯱　新十四—25

蝶が来て操《あやつ》りになる縁の猫 ※371　山桃　新十五—2

利き酒のように金魚《きんぎょう》水を吐き ※372　桂　新十五—3

叱られて母に小さき角力取り ※373　文子　新十五—8

花曇り　傘《からかさ》　いらず傘《かさ》いらず　乙テ　新十五—8

370◎「新八—10」「新二十—25」参照。

371◎蝶を詠んだ作品も多い。そのなかで次の二つの句は特に名句として名高い。「二三尺蝶々猫をつり上げる　安七鶴三、手枕　五八—18」「糸つけてあるかと思う蝶ふたつ　金成　八七—5」。「新三十四—11」参照。

372◎この句の場合も金魚は「きんぎょう」と伸ばして読む。「宝十義3」「傍初—3」参照。

373◎「明二梅4」参照。

秋最中つれづれに出す芋と栗　縫惣　新十五—9

碁の好きと嫌い二人が淋しがり※374　株木　新十五—9

呼び声も高し峠のわすれもの　亀笑　新十五—14

炭売りの人をぬくめて身は寒し　万丸　新十五—18

朝霧に包まれ鐘の声替り※375　夜宴　新十五—18

374◎「筥四—4」を参照。

375◎「天六・九・十五」「天六満1」参照。

内証で叱る隣のいたずら子　升丸　新十五—25

我に雅があるとも知らず梅の花　此通　新十六—4

神仏に御無沙汰申す程の無事※376　三朝　新十六—4

叱っても親の心は春の雪　升丸　新十六—8

晒す布鮎釣る夫《つま》と共かせぎ　祖山　新十六—11

376◎軽妙洒脱な佳句。庶民の幸せとしてはこれぐらいがよいのである。

紅葉吹く風桜ほど憎まれず　田舎　新十六－11

鼻筋が尻まで通るあまがえる※377　田舎　新十六－13

人の子をツイ抱き上げる放れ馬　此通　新十六－14

逃げ疵で値も踏み倒す売り具足※378　田舎　新十六－18

雲までが愛敬を持つ花のころ　佳友　新十六－22

377◎「宝十三桜2」を参照。

378◎同じ句が「柳多留」（一五七－5）にある。「明二仁1」「筥二－9」を参照。

春の空だるそうに降る雨の脚　喜楽　新十六―22

たたかれてジイット堪える煙草盆　鹿鳴　新十七―4

生き死にを聞く苦しさの障子越し　※379　守黒　新十七―4

徒《いたず》らに我が身を悔いる寺の前　實ト　新十七―5

振り袖に包み兼ねたるこぼれ梅　磯野　新十七―6

379◎「明七松1」参照。

下乗から日傘で包むお姫さま　牛車　新十七—8

世のうさをみな捨てに来る花の山　ホムル　新十七—11

真実のないもの共の面白さ※380　牛車　新十七—11

山越しに母の無事聞く小夜砧《さよきぬた》※381　夜宴　新十七—18

戸棚にこっそり神主の魂祭り《たままつり》※382　竹雅　新十七—22

380◎「宝十二義1」「拾三—6」を参照。

381◎砧《きぬた》は布を柔らかくするために木や石の台の上に布を置いて槌で打つこと。夜のその作業を小夜砧《さよきぬた》と言った。人情味のある生活句である。砧(碪)の句も多く、例を挙げると、「子の寝入るときは碪が低くなり　亀鳥　三六—18」。

382◎魂祭り《たままつり》(霊祭)は盆に先祖の霊を迎えてまつること。しみじみとした哀切感のある句が多い。一例を挙げると「叱られたことも恋しき魂祭り　有幸　六三—11」。

掃き寄せて惜しむ紅葉の庭掃除　佳友　新十七―24

風に流るる殻堀《からぼり》※383の枯れ落ち葉　倭　新十八―3

心学の奥義は損を損とせず　麹丸　新十八―3

言い訳も暗し行燈消した訳　八王子　笑渓　新十八―8

もの思い今言ったのは何だとえ　升丸　新十八―8

383◎「殻堀」は「空堀」のことであろう。

働く女房雨戸まで糸屑《いとっくず》　亀笑　新十八―11

初氷わずかな塵の縁《えにし》から※384　花雪　新十八―11

反りかえる風情の見える鐘の音　木卯　新十八―11

瀧の芥《ちり》流れ寄ってはまた打たれ　喜楽　新十八―11

我思う花へとまれぬ風の蝶※385　一得　新十八―16

384◎氷のきっかけは小さなゴミから生じるというが、その科学的事実を知っていたかのよう。塵、芥、微塵などはよく使用される語句である。次々句や「新十三―20」などを参照。

385◎参考句として「柳多留」に次の句がある。「風の蝶己が心の外を舞い　井丸　一三九―12」。

子を間引く村も蚕の育つ音 ※386　如翠　新十八—28

旅日記※387一日増しにかすり筆　升丸　新十九—2

操《みさお》には合鍵のない恋の情　梳柳　新十九—2

風雅より無雅に興あり花の山　愛一　新十九—6

蝸牛ひとり炬燵へ寝た姿　喜楽　新十九—7

386◎農民の過酷な生活を鋭く突いた強烈な句である。当時の社会状況においてこの作品を詠んだ作者に敬意を表したい。「新編柳多留」全作品のなかの秀逸としてよいであろう。

387◎「宝十二智2」参照。

蛍にも恥じよ夜学の火取り虫 ※388

風隣　新十九―8

逃げ込めば蛍たすかる草の庵 ※389

竹草　新十九―10

小仏の駅旅人の阿弥陀笠 ※390

アツキ　三扇　新十九―12

庵の留守花へ無心の雨舎り

笑渓　新十九―14

寒そうな大将の出る宮芝居 ※391

アツキ　卯丸　新十九―15

388◎「火取り虫」については「拾七―1」を参照。

389◎「宝十一天1」参照。

390◎しみじみとした旅情のある佳品。

391◎宮芝居は神社の境内で興業する芝居。「明五松1」を参照。

旅をする尼に仏の道を聞き　笑渓　新十九―18

初老の坂に迷った道が知れ　叶　新二十―1

猫無精またぐついでに伸びをする　三朝　新二十―2

知っている腮《あご》だと見えて笠を取り　澤翁　新二十―4

流れの末は川の字に寝ぬ女房※392　鳥水　新二十―5

392◎「新一―10」参照。

飯が出てにぎやかになる旅の酒　よしほ　新二十―5

百の賀に血筋ばかりで大座敷　明輔　新二十―14

奇手をあやつる人形の藁細工※393　迚茂　新二十―16

修復して安っぽくなる古仏　寉芝　新二十―19

鮎の背に思いの残る鵜の歯形　亦楽　新二十―23

393◎人形に関する句もたくさん見ることができ、秀句が多い。『宝十松1』『新一―16』『新二十六―16』『新三十九―28』など。

言伝《ことづて》も端《は》折《お》って届く片田舎 ※394
千町　新二十―25

雅の友は花とも愛《め》でん枯れ柳
十二八　松鯱　新二十一―3

菊作り後ろは縫いの裏ごころ ※395
竹子　新二十一―9

何処となく凄い卒塔婆の流れ墨
木山子　新二十一―9

不器量娘末期まで看病し ※396
祖山　新二十一―10

394◎「新八―10」「新十四―25」を参照。

395◎味のある句。「新二十九―15」参照。

396◎「傍五―24」参照。

風に柳の吹くままに亡者出る　泉糸　新二十一—12

香の煙《けむ》施主は泪の片時雨※397　其楽　新二十一—13

亡き人も彼岸桜にふり返り　笑渓　新二十一—13

ぱらぱらと墓所の落ち葉に増す哀れ　笑渓　新二十一—19

世を捨てた翌日淋しき膳の上　笑渓　新二十一—19

397◎片時雨は、雨がこちら側だけに降っていて向こう側が晴れている状態をいう。情緒のある言葉である。「宝十一義3」を参照。

読みかけのかげろう栞ありやなし　※398　　エト　株木　新二十一―21

頼むまじ時より変わる人心《ひとごころ》　　平波　新二十二―3

神輿蔵年に一度の鍵の音　　小治楼　新二十二―3

跡を追う雨吹き払う風車　※399　　玉兎　新二十二―4

一つ家は行き来の人のたばこ盆　　寿山　新二十二―4

398◎この「かげろう」は「蜻蛉《かげろう》日記」かあるいは源氏物語の「蜻蛉《かげろう》」の巻のことであろう。

399◎「宝十三梅1」参照。

松葉に埋む燈籠の油皿 ※400
升丸　新二十二―6

近く見て景色にならぬ帆掛け船
コセイ　新二十二―7

風景を手に取って見る遠眼鏡 ※401
上サ　成之　新二十二―10

春を待つ凧屋に武者の勢ぞろい
下手丸　新二十二―11

面《つら》をふくらし子を愛す風車 ※402
浮嶋　新二十二―14

400◎縁の下の力持ちの油皿に託した人生観的作品も時々見られる。「安六梅2」を参照。

401◎眼鏡は足利時代に伝わったとされるが、江戸時代には遠眼鏡を見晴らしのよいところに設置して有料で見せる茶屋があった。

402◎前の「新二十二―4」を参照。

風を荷にして汗をかく団扇売り ※403　如翠　新二十二—20

鏡台に薄衣かけし春の月　麻丸　新二十三—2

さからわぬ柳を庵の門印　寿キ　新二十三—5

花までの月日は長し菊の苗　カコハラ　山盛　新二十三—6

日の長さもう手にさわる今朝の髭　揚吉　新二十三—9

403◎「宝十一智1」と同想類句である。

昔からまじめのように子を異見※404　瓢　新二十三―11

運を釣る餌《えさ》凡人の眼に見えず　木卯　新二十三―18

さっぱりしたと瓢箪を捨てた跡※405　寿　新二十三―19

夕立ちは言うこと言うて元の空※406　升丸　新二十三―20

草庵へ皆持ち寄りのひじ枕　コセイ　新二十三―23

404◎「異見」は意味としては「意見」と同じであるが、古川柳においては親が子を諌める場合のような説教、小言の意味に用いられることが多い。一例を挙げると「し尽くした異見位牌を母は出し　木賀　六――9」。

405◎酒を入れる瓢箪を捨てたのである。「新十四―3」を参照。

406◎単なる自然現象としてではなく、寓意的に捉えた方がよいと思う。佳句である。

名を聞いて折ったも捨てる夢珠沙花《シビトバナ》 ※407　千種　新二十三－26

握られた拳へ貰う師の手筋 ※408　ごまめ ※409　新二十四－5

木の間から夕日地蔵へ後光ほど　笑渓　新二十四－6

年久し流行った羽織皺になり　麹丸《エト》　新二十四－8

憂は貧《ひん》富家を拾って愛を捨て ※410　笑渓　新二十四－9

407◎夢珠沙華に「シビトバナ」とルビがしてある。「天元満2」で既述したので参照されたい。

408◎「宝八・八・廿五」参照。

409◎作者のごまめは五世川柳・腥斎佃《なまぐさいたづくり》の長男で五世没後、六世川柳を継ぎ、和風亭と称する。

410◎古今東西変わらぬ愛の難問。

言葉余って意の足らぬ女同士　笑溪　新二十四—13

ぶら下がる蜘蛛に見とれる軽業師※411　亀契　新二十四—14

掌に塔をかざすや夏木立※412　紅白庵　芋環　新二十四—14

蜘蛛の巣に押し戻される角力取り※413　明輔　新二十四—27

我も迷うやさまざまの利き酒　竹賀　新二十四—28

411◎蜘蛛も江戸川柳でよく活躍する小動物。関連句として「建て付けのひずみを見出す下り蜘蛛　風松　一〇八—30」。

412◎軽業師は大道で行なわれた見世物であるが、女軽業師や小児軽業師などもいた。「地を見るな見るなと叱る軽業師　言艸　一二一—3」は子供に教えているのであろう。

413◎蜘蛛は前々句、角力取りは「明二梅4」を参照。

何か物たらぬ雨夜のひとり酒※414　イワキ盤林　新二十四―28

もの思い火鉢の掃除いつかでき　谷清　新二十五―2

孝行は風の柳のこころもち※415　麹丸　新二十五―3

世を捨てて人には這わぬ蔦の庵　亦楽　新二十五―3

過去帳も屋根も破れた無住寺※416　寿キ　新二十五―3

414◎「新十一―7」参照。

415◎風と柳の組み合わせは普遍的。「新二十一―12」など多数見ることができる。

416◎「新二―20」参照。

元日の寺には寺の人ばかり ※417　かつら　新二十五―5

雨だれの石にへこんだ我れ未熟　米賀　新二十五―6

薄《すすき》見る頃から雅ある秋の色　まつら　新二十五―6

船ばかり雪の景色を残す海　竹賀　新二十五―22

病み上がり梅の日向にうしろむき　寿山　新二十五―24

417◎「明四天1」を参照。

唐がらし淋しい膳の目を覚まし ※418
夜宴　新二十五—25

野の宮に柏手ばかり物の音
田舎　新二十六—9

草に寝た地蔵を起こす迷い道
山雪　新二十六—10

娘の墓へ殉死する京人形 ※419
松丸　新二十六—16

顔中を口にして蒔く福は内
揚よし　新二十六—17

418◎おかずが少ないので、辛い唐辛子で何とか飯を食おうというのであろう。侘しい話である。

419◎「宝十松1」の句と合わせて鑑賞されたい。

惜しまるる内になくなる絵蝋燭 ※420　松丸　新二十六ー18

敵中へ後ろを見せてはたらく歩 ※421　南谷　新二十六ー19

山彦と連れ立って行く村稽古　其楽　新二十六ー21

雉子啼いてほろりとこぼす草の露　亀契　新二十六ー23

払いにも小銭の多い木賃宿 ※422　太丸　新二十六ー23

420◎絵蝋燭は現代の内的抒情川柳において好んで使用される言葉である。

421◎将棋や碁の交際を描写した江戸川柳は多数あるが、これは将棋の駒そのものに関する独創的な句。他に、次の名吟がある。「細廊下香車のような風が来る　九逸　一二八ー13」。

422◎木賃宿は旅人が米を持参して泊まる宿であるが、哀愁感のある佳吟が多い。「木賃宿人の情けの交じり米　千之　一二二ー1」や「新二十九ー16」。

やすらかに仮名文をかく糸桜　呉竹改　鳴戸　新二十六―24

俤《おもかげ》の変わらで嬉し箱の雛※423　甚輔　新二十七―1

鐘の音もぼんよりと来る霧の中※424　アツキ　酒好　新二十七―3

物思い枝も葉もなき立ち姿　エト　山桃　新二十七―6

似た人に半分解けし笠の紐　喜友　新二十七―12

423◎「拾初―10」参照。

424◎「天六・九・十五」を参照。

清貧の庵菜の花の金世界　調、　新二十七―14

月花の雅中に雅あり酒の美味　五代目川柳※425　新二十七―17

段々と手に葉のしげる川柳《かわやなぎ》※426　笑渓　新二十七―18

一時《いちじ》千金泡となる大花火　アツキ　三扇　新二十七―19

暮れ方に結うはひとりに見せる髪　井洞　新二十七―20

425◎五代目川柳は号を腥斎《なまぐさい》佃《たづくり》と称し、本名を水谷金蔵という佃島の魚問屋である。四世の俳風狂句に対し、柳風狂句を唱えたが、退廃的な狂句が氾濫した。この「新編柳多留」は佃《たづくり》の編によるものである。

426◎川柳《かわやなぎ》は、川べりに生えている実際の柳の木のことを言う場合と、川柳風柳句のことを言う場合があり、双方の句が見られる。それぞれの一例を示すと、「結んだり解いたり風の川柳　千鳥　四六―14」「風流の梁《うつばり》となる川柳　山笑　一〇〇―131」（梁《うつばり》は支えとなるもの）。この掲出句の場合は実際の柳の木のこと。「新九―23」および「新二十八―10」を参照。

影法師も眠ったそうな春の猫※427　如扇　新二十七―27

口開いておさえる風の三度笠※428　宮ザワ　囀　新二十八―3

矢立て出す野辺に土筆やすみれ草　笑渓　新二十八―7

口あけば顔のかくるる小鳥の子　コマノキ　志徳　新二十八―8

じりじりとやけ付くように油蝉　魚山　新二十八―8

427◎「明三義4」参照。

428◎「新十一―3」を参照。

歌人《うたびと》の恋は硯の水が減り　其楽　新二十八－9

色々に吹き廻さるる川柳《かわやなぎ》※429　囀代　楽評　雅楽　新二十八－10

風のもる穴へ桜の切り張りし　英　新二十八－17

朝霧ほどに紙虫《シミ》の食《は》む古画の不二《フジ》※430　鬼屎　新二十八－23

魂《たま》まつり別れし妻に盆の水　英　新二十八－24

429◎この川柳《かわやなぎ》は川柳風柳句と柳の木のどちらにも採れそう。二つを掛けているとしてもよいかもしれない。「新二十七－18」参照。

430◎紙魚《しみ》は紙や布を食う虫であるが、この句では「紙虫」と書いて「シミ」とルビが振ってある。関連句を挙げると「紙魚の這う縁に四五枚枯れ銀杏　竹賀　一四六－18」（銀杏の葉には紙魚の防虫作用があるという）。

読みさしたとこが泊まりの名所図絵※431　古扇　新二十八―26

山越しに小村の知れるどんどの火　川升　新二十九―1

夕桜料理売れ切り申し候※432　友成　新二十九―3

片隅に居るが花見に馴れた人　友成　新二十九―3

縁遠い娘の庭に桐の花　夢輔　新二十九―4

431◎「江戸名所図絵」が有名である。

432◎「・・候《そろ》」という表現はよく使用される。「新八―12」など。

飾っても後ろは見せぬ武者人形　夢輔　新二十九―6

虫干しに蔵も腑分けの医学館※433　雷《り》　新二十九―8

客の日は影で見ている菊作り※434　恵顔　新二十九―15

旅僧も枕気にする木賃宿※435　友成　新二十九―16

鳥影と待つ身うたがう桐一葉　山桃　新二十九―19

433◎腑分《ふわ》けは解剖のことであるが、幕末の当時、医学館という近代語が使用されていたことが分かる。

434◎「新二十一―9」と同じ心境。吉川英治は若い頃、川柳作家・雉《き》子郎《じろう》として名を成したが、後年は俳句をよく作った。その英治の俳句に「菊作り咲きそろう日は陰の人」という句がある。

435◎「新二十六―23」を参照。

忍ぶ編み笠知る眼に見通され　苦楽　新二十九―22

跡が先へ雁風呂のあつ湯好き　※436　愛一　新三十―2

果たし状勇気をふるいふるい書き　佳友　新三十―5

秘曲吹く社に消える鬢の雪　※437　夜宴　新三十―7

月に村雲独吟の咽に痰　柳樽　新三十―11

436◎雁《がん》(鴈)風呂《ぶろ》は雁がくわえて来たと言い伝えられている浜辺に落ちている木片を拾い集めて風呂を立てることをいう。雁供養とも言われ、死んだ雁の数だけ木片が落ちているとされる。俳句では春の季語となっているが、情感のある言葉であり、江戸川柳にも度々詠まれて佳句が多い。「柳多留」に次の類句がある。「雁風呂の長湯は後が先になり　カスミ　九八―63」。

437◎鬢《びん》は頭の側面の髪であるが、鬢と雪という風情ある組み合わせの作品が時々見られる。「新三十五―24」を参照。

筆となる萩も枝垂れて砂へ文字　山桃　新三十—13

老いぬれば麒麟もまずい彫り物師　松丸　新三十—25

何一つ分別も出ず冬籠り※438　寿山　新三十—25

負けた方から投げ出す碁の勝負　土器丸　新三十—25

愁いほど笑いの出来ぬ猿芝居※439　花雪　新三十—26

438◎「冬籠り」にも優れた句が多い。「新八—5」や「新三十八—21」など参照。一茶にも次の句がある。「人誹《そし》る会が立つなり冬籠り」。

439◎この猿芝居は実際の猿を使った見世物。いわゆる猿廻し、猿引きとは別である。「明五松1」参照。

形《な》りに似ず象と鯨※440はやさしい目　雀芝　新三十―29

物書かぬ手にもやさしき花造り　こまめ　新三十一―4

密談の中に火のない煙草盆　起石　新三十一―6

象の歯※441を喰う種にする彫り物師　釜丁　新三十一―8

おいらんのえくぼは人の落とし穴　如扇　新三十一―12

440◎象は一五九七年に大坂城で秀吉に謁見、一七二八年(享保十三年)には吉宗が江戸城で観覧したりしたが、特に、一八六三年(文久三年)に両国で興業した象は見世物として大ヒットした。象は福を招く御利益があるとして人気があった。「新十一―20」「新三十七―4」を参照。

441◎前注を参照。

苦を苦にもせず句にならぬ句を苦にし　亀遊　新三十一—13

魚市もひけて日向に蠅たむろ※442　縫惣　新三十一—17

工夫して庭へ呼び出す夏の水　助録　新三十一—17

鎧をば草に譲った古戦場　笑渓　新三十一—20

万歳の笑わぬ顔が猶《なお》おかし　一花　新三十一—21

442◎「魚市」は「新三十八—9」。蠅は「明元梅2」を参照。

田舎寺砧《きぬた》※443に合わす夕づとめ　笑渓　新三十一—23

薪《たきぎ》から摺粉木《すりこぎ》を撰る草の庵※444　千種　新三十二—3

魂を据える場もなきせまい胸　祖山　新三十二—7

釘の名もみんな覚える普請好き　桂　新三十二—8

瓢《ヒサゴ》※445をすかす竹芝の軒すだれ　窪芝　新三十二—10

443◎「新二—20」および「新十七—18」参照。

444◎「宝十一天1」を参照。

445◎「新十四—3」および「安九桜3」を参照。

風の手で絵馬へ鞭打つ糸柳　夜宴　新三十二―11

月に邪魔なれど日によき夏木立　柏木　新三十二―11

瀧の庵木耳《きくらげ》洗い気侭酒 ※446　松丸　新三十二―12

丁度つくまで噺しきる渡し守り ※447　寿山　新三十二―14

ホロリホロリと花の散る貝細工 ※448　重丸　新三十二―15

446◎気侭酒《きままざけ》も余情のある言葉。独り酒、瓢酒《ひさござけ》、琥珀酒、利き酒そして気侭酒と「‥酒」という酒の表現は多数あり、現代の演歌を見るようである。「新十一―7」「新十四―3」「新十四―14」「新二十四―28」など。

447◎「安六桜3」を参照。

448◎川柳ならではの余韻のある佳品である。

ふうわりと重い豆腐の水※449放れ　揚吉　新三十二—20

木喰《もくじき》※450の腹秋よりは春淋し　うしほ　新三十三—1

御肥満と誉めて古着屋※451売りはずし　麟趾　新三十三—4

人と魚地獄は板のうらおもて　イセ　和暁　新三十三—13

宿下がり田舎にまれな京草履　しらふ　新三十三—13

449◎豆腐は当時の重要な蛋白源。豆腐屋、豆腐売りの句は多い。この句も豆腐の性質を巧みに表現した作品であるが、次の名吟がある。「湯豆腐は波打ち際ですくい上げ　松鯱　八九—22」。「宝十桜1」「新三十七—18」参照。

450◎木喰(木食)は米穀を絶ち、木の実を食べて修業することであるが、実りの秋と比べて春は食べるものが豊富でないのである。

451◎神田川の南側の柳原の土手は古着の露店が並び、古着街として賑った。それは戦前まで続いた。小説家の吉川英治は若い頃、川柳作家の雉子郎《きじろう》として活躍したが、次の名吟がある。「柳原涙の痕《あと》や酒の汚染《しみ》」。昭和初期、川柳漫画で人気のあった谷脇素文《そぶん》に、この英治の句を描いた作品がある。

野の地蔵苔の衣に蔦の袈裟　清よし　新三十三―14

御満悦奥様風呂の湯がこぼれ※452　扇歌　新三十三―14

広き野を小鍋にたらぬ初蕨　三箱　新三十三―16

待ちわびた日ほど置きたき花盛り　山楽　新三十三―18

釣り下手な竿に蜻蛉の一《ひと》休み※453　笑門　新三十三―19

452◎情景が浮かぶよう。微笑ましい生活人情吟である。

453◎「明四梅1」を参照。

月影の竹名筆へ紙一重《ひとえ》　あら玉　新三十三―22

指三つで葉二つ感にたえた笛　寿　新三十四―2

心の錦紫の衣を辞し　山楽　新三十四―6

蠅も居ず蚊もいず淋し峯の寺※454　上サ 玉泉　新三十四―10

すれ違う舟のりかえる春の蝶※455　亦楽　新三十四―11

454◎「新四―9」参照。

455◎関連句に「後になり先になり蝶花屋の荷　縫物　一六二―4」。また、明治から大正へかけて活躍した達吟家・高木角恋坊《かくれんぼう》に次の句がある。「渡し舟花屋は蝶を連れて乗り」。

ぶらぶらと瓢も邪魔な夕桜　※456
清よし　新三十四―13

春の花ひらけば人の気を散らし
木丸　新三十四―23

一世界逃げたこころで草の庵　※457
里風　新三十四―23

悪事の跡へ後悔がのろり来る
一得　新三十四―24

風景に暑を寄せつけぬ峠茶屋　※458
静賀　新三十四―25

456◎「新十四―3」を参照。

457◎「宝十一天1」参照。

458◎峠の茶屋を主題にした作品も多く見られ、例えば、次の佳品がある。「行列もへの字にうねる峠茶屋　我幸　一四七―11」。「新三十九―25」参照。

百姓は秋を淋しいものとせず ※459　　圓泉　新三十四—25

半面美人片頬笑む冬の梅 ※460　　笑渓　新三十五—2

臼の餅寝た子請け取るように取り　　エト三箱　新三十五—3

筆も笠着たり脱いだり初時雨　　笑渓　新三十五—4

糸柳風に結んで雨に解け　　瓢々　新三十五—4

459◎「百姓」を取り扱った秀吟である。「明四松2」の句と合わせて味わっていただきたい。

460◎「半面美人」とは横顔だけをみせている美人ということであろうが、正面は美人でないのかもしれない。この句は内容としては素直に解釈してよいのであるが、実は、「半面美人」は江戸前期の点取俳諧の一方の旗頭であった宝井其角の点印の一つで、高点の印形《いんぎょう》であった。次の句はそのへんを含んでいるのであるが、参考として挙げておく。「半面美人誹人《はいじん》が恋こがれ　山石　八三—73」。

さすらいに見付けて嬉し帰り花　※461　一樹　新三十五—7

朝な朝な庵主の起こす庭の萩　笑渓　新三十五—8

夜の祭に天狗面般若面　宮津　嚩　新三十五—11

柏手に鳥飛びたつ神の森　苦楽　新三十五—11

遠くから是は是はも桜色　集頂　新三十五—17

461◎帰り花(返り花)は花が一度咲き終わってからまた咲く返り咲きのこと。参考句として「世の中の恵みを受けつつ帰り花　二世川柳　四三—33」(作者の二世川柳は初代川柳の長子・弥惣右衛門)。

鬢へふる雪息で消す芸の妙 ※462 エト 寿山 新三十五—24

雅に見ると菓子屋の店は秋の色 道守 新三十六—1

茶を好む人は身形《みなり》も渋く見せ 田毎 新三十六—7

安産の後は短い母の文 寿藤 新三十六—9

細道のだんだん太る花の山 釜丁 新三十六—9

462◎役者が舞台上で鬢に付いた紙の雪を息で吹き飛ばすのである。表現力豊かな秀作。「新三十—7」を参照。

出水して流れの多い村質屋　※463
文子　新三十六―12

一つ竈還俗の新世帯　※464
亀笑　新三十六―15

人寄せに門へ咲かせる波の花
きんし　新三十六―18

鼈甲に一心《いしん》据える女の眼
松丸　新三十六―19

化粧せぬ役者のつめる鏡の間　※465
竹子　新三十六―23

463◎庶民の暮らしを端的に表現した佳吟である。「村質屋」という語句が新鮮。

464◎新世帯《あらぜたい》は新婚の住居をいうのであるが、江戸川柳の暗黙の了解としては、親の賛成が得られずに本人の意志で持った世帯を言うとされる。たくさんの句が詠まれているが、一例を挙げると、「初夢を対に見たいと新世帯　ごまめ　一四〇―30」。

465◎鏡の間は、能舞台において姿見の鏡がある部屋で、役者にとっては精神統一の重要な場所。

詫び人の跡へ後悔付いて来る　千枝　新三十六―24

腹のへる時まで眠る春の雨　一信　新三十七―2

その穴を深くかくした象の耳※466　成幸　新三十七―4

不断無き細道のつく山桜　玉泉　新三十七―9

何よりのこやし田畑へ人の汗※467　山八　新三十七―14

466◎「新三十―29」参照。

467◎「新十―20」を参照。

遠山を見て反りかえる大根《だいこ》引《ひき》※468　不崩　新三十七―15

四五日の風を持ち出す庭掃除　玉泉　新三十七―17

一生を同じ詩ばかり茶碗焼き　児老　新三十七―17

豆の露からかたまりとなる豆腐※469　阿豆麻　新三十七―18

折る枝に脈をかよわす生け花師　不崩　新三十七―22

468◎大根は、俳句や川柳においては大体「だいこ」と発音する場合が多い。その作品も多数あり、一例を示すと「ひん抜いた大根《だいこ》で道をおしえられ　初―18」。この例句は川柳と俳句の接点のよい例として次の一茶の俳句とよく対比される。「大根《だいこ》引き大根《だいこ》で道を教えけり」。

469◎「宝十桜1」「新三十二―20」を参照。

ときつくるさまあり今朝の鶏頭花　望嘉　新三十七—24

己《おの》れが身己《おの》れを責むる気の迷い　七種　新三十八—2

恋のやみ娘は顔に灯をとぼし　梅林　新三十八—3

世を捨てた身も欲の出るいい景色　夏柳　新三十八—3

花の頃鐘突きしばし手の後《おく》れ※470　七種　新三十八—4

470◎「天六・九・十五」参照。

袖と袖指が物言うさかな市 ※471
海亀 新三十八―9

すいと来て岩につまずく早瀬水
縫惣 新三十八―20

冬籠もりこれも我が友古屏風 ※472
三朝 新三十八―21

勇気りんりんとふるえてる水行者
愛一 新三十八―21

飯ひと口話ひと口旅もどり
都々一 新三十八―23

471◎「新三十一―17」参照。

472◎「新三十一―25」参照。

珍客を隅へ丸める針仕事　喜柳　新三十八—24

約束に逢わず群集《ぐんじゅ》で淋しがり ※473　山雪　新三十九—1

跡先の見ゆる四十の坂のうえ　下奈良　前夵　新三十九—1

雪の夜の料理手際も塩一味　上サ　不忘　新三十九—7

繕いの無い清貧の破れ衣　寿山　新三十九—8

473◎「群衆」は人の集団であるが、「群集（ぐんしゅう、ぐんじゅ、くんじゅ）」は人や物など一般の多数の集まりを言い、少しニュアンスが違う。江戸川柳においては「群集《ぐんじゅ》」はよく出てくる言葉であり、次の傑作がある。「驚かぬ鶏《とり》は群集《ぐんじゅ》の中を行き　春駒　三六—14」。

草燃ゆる野辺に薪の能舞台 ※474　株木　新三十九―11

丸木橋子が手を引いて渡すあや　夜宴　新三十九―17

客だけの数をば咲かぬ寒の梅　上サ　菁莪　新三十九―20

呑んで来た清水見おろす峠茶屋 ※475　上サ　不崩　新三十九―25

子の育つまでと畠を作らせる　寿水　新三十九―27

474◎薪能《たきぎのう》のことであるが、夜間に野外で篝火《かがりび》を焚いて行なう能である。正式には二月に興福寺の芝の上で行なわれた能を言う。

475◎「新三十四―25」を参照。

人形へ情をうつして泣く娘 ※476　高砂　新三十九—28

西行忌頃に妻乞う猫の恋 ※477　揚吉　新四十—4

満ち潮に富士をだんだん岸へ寄せ　新富　新四十—9

なんとなく昼も淋しき高燈籠　道守　新四十—11

一世帯小包にして墨衣 ※478　カメ丸　新四十—13

476◎人形の句の秀逸である。「宝十松1」の句と合わせて鑑賞されたい。

477◎「猫の恋」は俳句の春の季語でもある。ちなみに西行忌は二月十五日。

478◎「新二—14」参照。

貰い人《て》の札を附けおく種瓢《たねひさご》※479　亦楽　新四十―15

糸を引く仕掛けか蓮のひらく音　寉芝　新四十―16

涼み台蛍火ほどな火で煙草※480　廣吉　新四十―16

糸屑も捨てぬ古今の雛衣装　寿　新四十―20

離魂病寝覚め淋しく全快し※481　よしほ　新四十―21

479◎「新十四―3」を参照。

480◎「宝七・十・五」参照。

481◎離魂病とは現代で言う夢遊病のことであるが、当時は一人の人間の身体が二つに分かれると信じられていた。こういう含蓄のある言葉も今は死語となってしまったが、惜しいことである。関連句を挙げると「世の悩み癒えて童子は離魂病　祖山　一一八―9」。

旅の蠅四五里行ったり戻ったり ※482

麹丸　新四十—22

482◎「明元梅2」「拾四—2」を参照。

あとがき ― 解説をかねて

昨今は江戸ブームと言われ、江戸開府四百年という節目と相まって江戸時代の社会制度や人情風俗が見直されてきている。

そのなかで、江戸川柳は当時の社会、風俗、人情などの一級の歴史的資料を与えてくれるものとして高い存在価値を持っており、また、日本独特の短詩文芸の一つとして多くの人々に愛好されて来た。

そのような江戸川柳の現存する文献とその収録句数は次の通りである。

◎「川柳評万句合《せんりゅうひょうまんくあわせ》」一千三百余枚、約七万五千句

◎「初代川柳選句集《せんくしゅう》」六種、十二冊

・「さくらの実《み》」全一冊

・「川傍柳《かわぞえやなぎ》」全五篇

・「藐姑柳《はこやなぎ》」全一冊
・「やない筥《ばこ》」全四篇（第三篇は未発見）
・「柳籠裏《やなぎごり》」全三篇（初篇と第二篇は未発見）
・「玉柳《たまやなぎ》」全一冊
合計句数約八千句
◎「誹風柳多留《はいふうやなぎだる》」全百六十七篇、約十一万三千句
◎「柳多留拾遺《しゅうい》」全十篇、約八千句
◎「誹風末摘花《すえつむはな》」全一冊、約二千句
◎「新編柳多留」全五十五集、約二万六千句

以上の総句数は約二十三万二千句となるが、そのうち、「誹風柳多留」初編から二十四編前後まで（約一万九千句）と「柳多留拾遺」および「誹風末摘花」は「川柳評万句合」から抜粋して編纂したものであるので重複して存在していることになり、したがって、全江戸川柳の実質の総句数は二十万余句ということになる。以下、これらの文献について簡単に解説をしておきたい。

柄井川柳が前句附の点者として立机《りっき》し、第一回の「川柳評万句合」を発行したのは江戸中期の宝暦七年（一七五七年）八月、川柳四十歳の時であった。

第一回の寄句高《よせくだか》（応募数）は二百七員（句）で入選句は十三句であったが、川柳の誠実で公平な鑑

識眼が人気を呼び、五年後の宝暦十二年には一回の開き（発表日）の寄句高が一万句を越え、「万句合《まんくあわせ》」と称されるようになった。

明和二年（一七六五年）に呉陵軒可有《ごりょうけんあるべし》が「川柳評万句合」の中から佳句を抽出して「誹風柳多留」初篇を編纂し、花屋久次郎の星運堂より出版した。「川柳評万句合」は前句附であり、したがって、前句が載っているのであるが、「誹風柳多留」は「一句にて句意のわかり安きを挙げて一帖となしぬ」とその初篇の序にあるように、前句の七七の部分を省いて、附句の五七五だけを掲載したもので、ここに川柳風柳句の様式が確立された。

寛政二年（一七九〇年）、七十三歳で川柳は没したが、その初代川柳時代の作品は古川柳と称されて高い評価を受けている。

寛政八年（一七九六年）、初代没後の川柳の低迷を打破すべく、「川柳評万句合」の中から「柳多留」に漏れた句をさらに集大成して「古今前句集」初篇が発行され、寛政十年まで十篇が刊行される。この「古今前句集」が改題されて、享和元年（一八〇一年）に再発行されたのが「柳多留拾遺」である。

初代川柳には「万句合」などの他に、各地の組連（取次）の句会の選をした六種類の句集「さくらの実」「川傍柳」「藐姑柳」「やない筥」「柳籠裏」「玉柳」があり、一括して「初代川柳選句集」と称される。

さらに、「川柳評万句合」の中の艶句、ばれ句の類を集めた「誹風末摘花」四篇が安永五年（一七七六年）から享和元年（一八〇一年）にかけて発行されている。

「誹風柳多留」は幕末の天保九年（一七三八年）の一六七篇まで続くが、初代川柳時代と比較して狂句調のレベルの低いものであり、特に、最後の九年間においては合計五十五篇が発行されるという乱脈ぶりであった。そのへんのところを五世川柳 腥斎佃《なまぐさいたづくり》は「新編柳多留」初編の序において次のように記しており、川柳宗家さえもその出版の実態を掴んでいないありさまであった。

「狂句ハ人の風俗に虚実をそへよろつの滑稽とハなれりける・・先師まで四代机上にミてるを柳樽と題して百餘りの冊子とハなれりしかゆへよしありて今其数さだかならずなりぬ・・新らたに編を改め初めの巻とし・・長く世に傳へんことをねぎて天保丑の年の睦月五世の川柳佃の濱のひさしにおいて是をしるす」。

そのような事情から、天保十二年（一八四一年）に「新編柳多留」初編が五世川柳腥斎佃によって発刊され、第五十五集（詳細は不明）まで続刊される。現在、活字版で出版されているのは第四十集までである。

本書は以上の江戸川柳の文献の中の「川柳評万句合」「初代川柳選句集」「柳多留拾遺」および「新編柳多留」において、総句数およそ十二万句の中から、現代川柳作家の視点で約一千句の詩的柳句を拾い出したものである。

なお、「誹風柳多留」全百六十七篇についての同様の検討は先の拙著「現代語訳・江戸川柳を味わう」（葉文館出版）において行なったのでそちらを参照していただきたい。また、「誹風末摘花」においては、両著の目的に該当する作品が存在しなかったということを付け加えておきたい。特に、従来までの江戸川柳は初代川柳時代と「柳多留」に重点が置かれ、それ以後の「新編柳多留」時代は軽視されてきたきらいがあるが、狂句一辺倒と言われる江戸末期の川柳において、近代的詩情の萌芽を内蔵する優れた作品が多数存在しているということが分かっていただけると思う。

さて、川柳ブームと言われる最近ではあるが、川柳界には江戸古川柳という世界と近代・現代川柳の世界という一種独特の区別があるようである。俳句においては、芭蕉に始まり芭蕉に終わると言われるように、芭蕉、蕪村、一茶、子規、虚子、四S・・と江戸時代から現代までを一連の流れとして捉えられているのとは対称的である。

江戸古川柳の研究家は川柳を作句したり、現代川柳を鑑賞するということはほとんどないようであり、現代の川柳作家は江戸川柳を深く勉強し、重んじるということは少ないようである。

その大きな理由は、江戸末期から明治初期における大量の狂句調柳句の存在であり、それは「川柳百年の負債」と称されて、明治後期の井上剣花坊《けんかぼう》や阪井久良岐《くらき》らの新川柳が登場するまで約百年間続いた。したがって、ほとんどの川柳史においては初代川柳時代の句位の高い作品群に重点を置き、それ以後の狂句調時代は軽く書き流してしまうというのが実情であった。

しかし今、それらの狂句調時代の作品を現代川柳作家の視点で丁寧に読み直してみると、近代的発想を内蔵する優れた詩的抒情柳句が散在しているということに気がつく。ただし、それは極めてわずかであって、全体の一パーセントにしかすぎないが、それでも全江戸川柳においては、約二千句にも達することになる。

それらの句は、資料性や風俗性に興味の焦点を置く従来までの古川柳研究において顧みられることの少なかった作品である。それらはまた、特に専門的な歴史の知識や風俗的興味を必要とせずに、一つの詩として現代的感覚で素直に理解し鑑賞できる作品群である。歴史はある意味で現代史であると言われるように、その時代々々の感覚で書かれ判断される。時代が変化すればまた新しい解釈が生じるのである。時代背景や歴史的意義を一応踏まえた上で、その時に応じた人情吟、社会吟として鑑賞するのもよいのではないかと思う。

例えば、次の二つの句を挙げてみると

その時の雷はその時鳴ったけり　明七梅一

車争いは未だに女なり　安六宮一

雷や車の歴史的注釈は本文に示したが（六十一頁および七十八頁）、それはそれとして、現代的比喩を雷と車に与えて、近代的詩性句として味わうのも一考かと思う。

そのような観点において、本書の掲載句の中から筆者なりに選んだ江戸川柳のベストテンを挙げてみたい。

死ぬことを軽く請け負う女あり　宝九天

市の人人より出でて人に入り　宝十三鶴1

産むならば帰れと野良で亭主言い　安四鶴2
つまらなくなり死ぬ連れをこしらえる　哥遊　玉2
涼み台天はどうしたものという　拾初－16
草市へまけろまけろと日があたり　拾初－20
雪はしんしんと猟人家を出る　夜宴　新八－20
子を間引く村も蚕の育つ音　如翠　新十八－28
何一つ分別も出ず冬籠り　寿山　新三十－25
人形へ情をうつして泣く娘　高砂　新三十九－28

五句目と六句目を除けばほとんど知られていない句であるが、時事吟、人情吟、生活吟、情念句、理念句など現代川柳の大きな要素である内的および外的の批評句と抒情句のすべての領域を含んでいることが分かるであろう。特に、八句目の「子を間引く」の句は川柳の真髄を示す強烈な社会風刺であり、次の「柳多留」の句

糧《かて》喰うと聞けば恐ろし飢饉年　文呂　一一八－26

と並んで、全江戸川柳における外的批評句の双璧としてよいであろう。本著において、それらの埋も

れていた江戸川柳のすばらしさを再認識していただければ幸いである。

最後に、江戸川柳の作者について付け加えておきたい。

従来まで、古川柳は無名性の文学とされ、個々の作者名は無視されて、一つの群としての文学性や資料性、風俗性だけが論じられて来た。すなわち、その作品だけを時代を反映する単なる歴史的シンボルとして利用したのである。

しかし、全江戸川柳の約三分の二の句には作者名が記載されており、その数はおよそ二千五百名と推察されている。「川柳評万句合」と二十五篇頃までの「柳多留」および「柳多留拾遺」には作者名は掲載されていないのであるが、「初代川柳選句集」全種と二十六篇以降の「柳多留」および「新編柳多留」全巻には作者名が記載されているのである。明治以降の古川柳研究において、作者名が無視されて来たということは、文学としての川柳が軽んじられる大きな要因となった。本書において作者名を掲載したのは、その忘れ去られていた作者の作家としての叫びを取り戻すためであり、そしてそれが、川柳の文学としての地位を高めるためになればと願う現場の現代川柳作家の熱い思いからである。

（それらの作者名に関しては、昭和七年、「やなぎ樽研究」誌においての三田村鳶魚《えんぎょ》と阪井久良岐の論争があるが、それについては前著「江戸川柳を味わう」において触れた）

これからの江戸川柳の作品の提示においては作者名を付記することを切望する次第である。

なお、今回の編集にあたり、新葉館出版のご好意により全原句の索引を載せていただいたことに深く感謝申し上げます。

また、本書の出版にあたり、新葉館出版の松岡恭子様ならびに竹田麻衣子様には大変お世話になりました。ご厚情に心から御礼申し上げます。

二〇〇三年十二月

東井　淳

付録

原句索引

あ

あいさつにむだなわらひの有る女　一六一
青ものや片《タ》〱ひくいたなをつり　九三
あがつてもわるいとかへるなど丶い丶　四八
赤とんほ行のと跡《ト》や先《キ》になり　五一
秋最中つれ〱に出《ス》芋と栗　二〇〇
秋のゆきその日ふつて八その夜きへ　九〇
悪事の跡へ後悔がのろり来る　二三八
あくる朝ふしきに思ふなみの音《ト》　八〇
明《ケ》くれの中にましゐす美しさ　七二
上《ケ》つけておしや切れ行く風巾　八八
朝良のおせ八明《ク》戸にさいている　五八
朝ぎりに包まれ鐘の声替《リ》　二〇〇
朝霧ほどに紙虫のはむ古画の不二　二二六
朝な〱庵主の起す庭の萩　二四〇
明日ありと思ふ心でよんてねる　七九
あそぶ気をやめるとさがる男ぶり　五六
あそぶしたくをするゆへにいそかしい　八八
あつけない夜をけいせいにすねられる　一五五
あつそうに蛍をつかむ娘の子　二五
あてにした月が男の心なり　一一六
跡が先へ雁風呂のあつ湯好《キ》　二二九
あどけ無ひおしうりの來のかけ道　九二
跡先の見ゆる四十の坂のうへ　二四七
跡をおふ雨吹拂ふ風車　二一三
あの年て何となされて物とやら　一一五
あふきのゑふじ八書《キ》よいものと見へ　九九
油さら今夜ももへるつらい事　七八
雨だれの石にへこんだ我《レ》未熟　二二〇
あま寺をきのどくそうにおしえてる　八六
天の川秋のか八きのはじめ也　二二九
天の川はしつた星の水すまし　一九一
あま八子を侍らしくそたて上《ケ》　二二三
あミがさも外《ト》から透《ク》八あはれ也　一二四
鮎の脊に思ひの残る鵜の歯形　二一〇
あらかじめ見てからよぶか今の風　四七
蟻壱ツ娘さかりをはたかにし　一四八
あれ是にしられた娘外へ出ず　五四
あわれさ八気ちがいの來《ル》一《ツ》しうき　七七
あわれさ八狂ふ時に八男なり　三三
安産《ツ》の後八短い母の文　二四一
あんなのにそれ八女がほれるもの　二二三
あんなの八見ぬと女のいふおんな　一四九
庵の戸へたづねましたと書てはり　一六〇
庵の戸を雲なき月に〆兼る　一八一

い

庵の留守花へ無心《ッ》の雨舎《リ》　二〇八
いゝ男たゞしい恋はきらひなり　七五
いゝかけん損得もなし五十年　一五〇
いゝくらし車一輌もつて居る　一二八
言訳もくらし行燈消した訳　二〇五
生《キ》死《ニ》をきくくるしさの障子越　二〇三
いくしなさ毎日なくすくすり紙　一一七
いくつだと思ふとそつとしかるなり　五二
行く連《レ》の先生か來てなんのかの　一一
行道と来る道のつく春の芝　一一八
池の端女壱人八物すごし　三四
居酒や八立ッて居《ル》のか馳走なり　一二
いそかしい日に病人八またがれる　一一九
いそかしさ浮世袋の酒びたし　一二五
いたづらをして泥水にころげ込《ミ》　一八三
徒に我身を悔る寺の前　二〇三
一《チ》時千金泡となる大花火　二二四
一代に嘶しの多《ィ》男なり　二一
いちどきに百宛笑ふいゝ女　一一三
一《チ》日のきげんはじめ八髪の出來　四九
一《チ》日の苦をかたりあふ門《ト》すゞみ　五四
一《チ》日の事て一《チ》日雨天なり　六五
一日を大事にくらす宿下り　一一三
市のつれ三度わかれて三度あひ　六八
市の人人より出て人に入り　三八
一《チ》八喰《ィ》二八ほんのふにつかわれる　一一三
いつ行《ッ》て見てもつくへに寄かゝり　三一
いつかいゝ春におもて八なつてゐる　一四四
いつ來ても神八あからせ給ひけり　一五四
壱軒でよべばすたれか皆うごき　一一〇
一生を同じ詩斗《リ》茶碗焼　二四四
一生を心も空に天文者　一八四
一寸の草にも五分の春の色　一四二
一世帯小包にして墨衣　二四九
壱町て雨を泣《ィ》たり笑《ッ》たり　七二
行て見りや文の文句の半分も　一八二
一《ッ》時のゑいくわ十年むだになり　七五
いつの間に男に馴た琴のつめ　一四七
いつはり八人間にあり室の梅　一四四
壱疋もつらず車てかへるなり　七七
壱本のを二人《リ》てさすと恋に成《リ》　九九
糸屑も捨ぬ古今の雛衣装　二五〇
井戸ばた八雪だく／＼とこんさつし　五六

糸柳風に結んで雨に解《ヶ》　二三九
糸を引《ク》仕掛か蓮のひらく音　二五〇
田舎からほつときました久《シ》ふり　一六
田舎寺碪にあハす夕づとめ　二三三
いなか道地蔵のそばにしびとはな　八六
いな妻の其行先をたつぬれハ　一三
いなつまてさくらハもへるやうに見へ　六九
いなつまのくだけやうにも出來ふ出來　一四二
命有《ル》内《ニ》ハかれぬおもひぐさ　一五
妹もにわかにいぢがわるくなり　四五
いろ〳〵な泪をこぼすかたみ分《ヶ》　二八
いろ〳〵に戸を立《テ》てミる俄あめ　一三〇
色々に吹廻ハさるゝ川柳　二二六
色をかへ品をかへさま〳〵な月　一一四
言《ハ》ぬ恋疊の跡《ト》があたゝまり　二九
いんきんに後生をねこうもんとしう　七〇

う

上《ヘ》下《タ》へ月を見て行《ク》筏さし　一九七
魚市もひけて日向に蝿たむろ　二三二
うかむ瀬に気ハおよけどもなかれの身　一五五
浮草も花を咲せる流れの身　一九七
うきよのかねのやかましひ大三十日　九四
うし車先《キ》があるくとあるくなり　七一
臼の餅寝た子請取やうに取り　二三九
埋《レ》た道を世に出す落葉かき　一八四
哥乃会又格別な顔ばかり　四二
うたばかりよくてさつハりはしまらず　一五三
哥人《ト》の恋ハ硯の水がへり　二二六
内に居て日和をほめる残念さ　一一〇
内に居《ル》あねらんちうの身ぶりあり　三九
うちハ賣《リ》風を荷にして汗をかき　二八
うつくしい程きち《"が"脱カ》いのあわれ成《リ》　一九
美しき衣かゝれるあつい事　八二
美しくふる双六のおそろしさ　二九
美しさ御家の風がかわるなり　七四
美しひ顔ても只の勤《メ》なり　二八
美しひ顔にハしわもおそくより　二五
うつくしひ手のかけまハる琴の上　一四九
美しひ形《リ》て孔雀の哥しらず　三四
美しひ女房うしろをくらくする　六三
美しひびんほう神に気かつかず　一四六
美しひ方へハ市かごみ合て　五二
賣た日を命日よりも淋しかり　三三
賣て置く顔を気侭に持《チ》歩行　二四

うつむいた男の側にいゝむすめ　一一五
うつ向てゐるのか心待と見え　一五三
優曇花を小麦の花と覚てゐ　一五一
乳母同士たいけつになる柿ひとつ　一六二
海斗《リ》海で居るなり雪の朝　一八一
海山もうこかす𩵋の息《キ》つかい　一一七
うむなら八かへれとのらでていしゅいゝ　七五
うらみいふ聲がくもれ八目にしくれ　一四六
うられた八母の三十三のとき　八七
賣家の置土産なり蝿たゝき　一九七
うるさい八三十ぢにあまる女房なり　六七
うれしさをとりかへさるゝ鐘のこゑ　一四六
愁ひほど笑ひの出来ぬ猿芝居　二三〇
運を釣《ル》餌さ凡人の眼に見へず　二一六

え

枝大豆八思案の外な所へとび　二二三
枝豆八湯上《リ》塩の夕化粧　一九八
ゑて見て八地こくのほうかおもしろい　八二
江戸のかねひゞく七《チ》万《ツ》三《ツ》千里　九四
江戸へ出てそろ〳〵塩かあまくなり　三二
餌をねだる子雀おんぶしようの身　一八〇
縁切に有髪で仮の世捨人　一九四
縁遠い娘の庭に桐の花　二三七

お

追付て見れ八ふだんの女なり　二二
老ぬれば麒麟もまづい彫物師　二三〇
おいらんのゑくほ八人の落し穴　二三一
大あくび時ゝ焼香〳〵　二二〇
大雨てかねのゑんぎかきこへかね　九五
大《イ》なる物に鶏の子譬へられ　一七八
大声も無女ゆのやかましさ　五三
大勢を涼《シ》く戻す見せひらき　五七
おかしがるよふにしくんで國をたち　八六
拝《カ》む時顔をかくすか女なり　六二
おかんだりないたり母のいけんなり　七三
おくらのなげきだるまの目に泪《タ》　八八
押へれ八すゝきはなせ八きり〳〵す　一四三
おさひしふござりませふとほうしとり　一四五
おし鳥の同し流の身をうらみ　一一六
御しのびに車八事か大《キ》過《キ》　四九
惜しまるゝ内になくなる絵蝋燭　二二二
おそわった通《リ》にひなをねぎるなり　六四
落た櫛四五へんおどる琴の上　一八二
おちつくとどじやう五合程になり　七二

男と女半分づゝぬれて行　一一八
男より女の方がふか手なり　六六
鬼の捨子をかな棒であやしてる　一七三
鬼のゆび皆いんぎんにうまれつき　三七
おのが田へ欲の水引く踏《ミ》車　一八七
己《レ》が身己《レ》をせむる気の迷ひ　二四五
御花見に一《チ》日のびて日の永《カ》さ　四九
おふへいおきゝなれて居《ル》古道くや　四四
俤の変らで嬉し箱の雛　二二三
おもしろく風を受取《ル》かわらふき　二一四
おもしろく辞世が出來て死たかり　四〇
重そふに櫛さし直す物おもひ　一七三
おもちやの鶏子の起た跡て啼　一九二
親に似ぬので人並な角力の子　一八七
親ゆづりだと盃をしやふらせる　一四五
折枝に脉をかよ八す生け花師　二四四
おろす時爪に有字かよめて來《ル》　三四
音樂にわけぎのやうな笛も有　一五〇
女気を立て淋しひ袖をふり　二八
女の跡《ト》からよわりはてたおとこ　一七八
女を八魚類のうちへ入て置き　一五〇

か

かい犬にほへらるゝのも二十四五　四七
懐劔をぬくかとおもふ能《ウ》の笛　四四
かいねこもつなぎやうにてあわれなり　四七
顔中《ウ》を口にして蒔福は内　二二一
顔壱つ弐つに遣ふ美しさ　四六
案山子を盗《ム》夕立の出来こゝろ　一八八
かきの皮かうむくものとずつと立　一四八
かくれんほ一寸ねむつた立すかた　三〇
影法師も眠《ッ》たそうな春の猫　二二五
過去帳も屋根も破れた無住寺　二一九
風車矢先《キ》をかけてしかられる　六〇
餝《ッ》ても後《ロ》八見せぬ武者人形　二二八
笠に笠きせる田植の昼休《ミ》　一八二
笠の紐たくさんそうにちりをすい　五八
かしぐ舩蛍一《ッ》の重《ミ》なり　一七五
かし本やにこり／＼と見てあるき　四〇
柏手に烏飛たつ神の森　二四〇
数ならぬ身で鶯を聞てい《る》　一二四
風おこる時八張子も首をふり　二一七
かせぐよりあそふ姿にほねがをれ　一五九
風に流るゝ売堀の枯落葉　二〇五
風に身をまかす柳の一かまへ　一五七

風に柳の吹まゝに亡者出る　二一二
風の気に入リそうな木八栁なり　五一
風の手で絵馬へ鞭打糸柳　二三四
風のもる穴へ桜の切ばりし　二三六
風の夜八蛍も空を燈しかね　一一
風を荷にして汗をかく團扇賣　二一五
家相に凝て水瓶の置場なし　一八五
片隅に居るが花見に馴レた人　二三七
蝸牛壱人リ炬燵へ寝た姿　二〇七
かたみにはおかしなものかあわれ也　三一
かちまけにいさいかまわぬはりてあり　五五
雅に見ると菓子屋の店八秋の色　二四一
かねつきの足あと斗リ寺の雪　三八
鐘撞の足跡ばかり寺の雪　一八一
金に成ル泪八袖かはなされす　二四
金の有るのをにくむの八無理な事　一三一
鐘の音もぼんよりと来る霧の中　二三三
金もちのそうにいやしきそうがあり　七四
雅の友八花とも愛ん枯柳　二一一
かべかものいふかと思ふ壱人リもの　七六
かへす気て金をかりる八古風なり　九六
かぼちやか西瓜かあてゝ見なと風呂敷　一二三

かまへに八似すうら門ツの無ィところ　七一
紙屑の中からもえる悋気の火　一七二
かみ様にさひしき目をもさせなさい　一五
かみさんといわれはじめ八二十七　八七
神てさへさむしいわんや人として　八一
神のもの仏のにわてかつて來る　七九
髪もよく結ふて煩ふ人もあり　一八
亀八はなされるが鶴八はなされず　一二八
傘を返したら又ふつて来る　一二七
からすミで三ッよつふたつわびた酒　一七三
借りて来た金稲妻のやうに消え　一七九
借りに来た時八正直そうな顔　一一七
狩人の子て人並に生レつき　一七
狩人は犬とときたまはなしをし　四一
枯芦は氷リ付てる風の形リ　一九六
川風にふかれる娘のぞみあり　五三
川風を賣リ物にする江戸の夏　一四
川とめに手にはをなをす旅日記　一四五
かんざして星の名をきく夕涼　七八
かんさし八気の定らぬさし所　二七
かんさしを鍬につかつてさくら草　一七
元日のそそう二日にしかられる　五〇

元日の寺に八寺の人ばかり　二三〇
かんた川ふけてけい子の笑ひ声　九六
神主の咄し相手八たゞの人　二〇
神主八人のあたまの蝿を追ひ　一五〇
寒念仏われより人か淋しがり　二三
看病にのけたい顔が一《ッ》あり　一二〇

き

着替るといふが女の病ひなり　二三
着かへると女房中々いゝおんな　八四
利《キ》酒のやうに金魚水を吐《キ》　一九九
聞度に道法《リ》違ふ片田舎　一九九
菊作り後《ロ》八縫の裏ごゝろ　二一一
聞く人も心で五わり引てをき　一五八
雉子啼てほろりとこほす草の露　二二二
奇手をあやつる人形の藁細工　二一〇
來たかともい八ず來た共いひもせず　一五四
吉日八きのふに成て夜八あける　五六
気にそまぬ座敷へひゝく上草《リ》　一三
木の枝へ鮒をとられる下手な釣　一九六
客だけの数をバ咲ぬ寒の梅　二四八
客の気になつても見たり庭つくり　一六二
客の気をくみ〱うそをなかれの身　一五七
客の日は影で見て居る菊作《リ》　二三八
行水の片手にさけるきり〱す　四二
鏡臺に薄衣かけし春の月　二一五
今日難所旅籠の外の握《リ》飯　一九三
切れふみの果て八淋しひ靍《ヲ》折　二六
気を遣た跡《ト》で未來のおそろしさ　六〇
金魚の糞線香の灰のやう　一七九
金魚八一口喰て吐て見る　一一一
きん酒して壱人《リ》淋しくかしこまり　一一八
近《ッ》年八しやれてしゆしやうな形《リ》て來《ル》　五二

く

釘の名もミんな覚へる普請好《キ》　二三三
草市に見たか娘の本《ッ》の顔　四六
草市八たゝくれそうなものはかり　四四
草市へまけろ〱と日があたり　一四三
草かりの子へのみやけ八きり〱す　四〇
草に寝た地蔵を起す迷ひ道　二二一
草に一筋引舟の道を付　一七六
草燃る野辺に薪の能舞臺　二四八
くたひれた道を見て居る坂の上　九二
草臥た女犬を男犬とりまゐて　一二七
口明《ィ》ておさえる風の三度笠　二二五

口あけバ顔のかくるゝ小鳥の子　二二五
口《チ》紅粉のうつらふものと気もつかず　六〇
口へにの時くちびるにそりをうち　一四七
くちや〳〵として世を渡る洗濯や　一七五
口を大きく明て居る日の永さ　一一六
喰た物あてさせに來《ル》となりの子　五七
工夫して庭へ呼出す夏の水　二三二
くもつた斗《リ》で八どつちつかずの町　一二二
蜘の巣におし戻される角力取　二一八
蜘の巣を見て居《ル》目元美しき　五四
雲までが愛敬を持《ッ》花のころ　二〇二
くもをつかむやうな詩を出して讀せ　一一九
くる〳〵と裏屋をまわる車有《リ》　三五
くるしい息《キ》を印形へかけて押《シ》　一八〇
車あらそひ八いまたにおんななり　七八
車引《キ》たいらに成《ル》と礼をいゝ　五九
暮方にゆふ八ひとりに見せる髪　二二四
くれそめて花の外に八星斗り　一四
くれに來たむす子りつはな口をきゝ　七二
暮の文あはれなりける次第なり　一五二
くれの文今死ますと書て來る　一五五
くわいらいいし村のぶけんに日半日　九五
苦を苦にもせず句にならぬ句を苦にし　二三二
ぐんぜい八わらでたばねた男なり　八〇

け

蹴合《ッ》てるやうに嵐の葉鶏頭　一七二
系図有る家が田舎の瓦葺《キ》　一九五
けいせいにいやかられても金かあり　六四
契情の桜八年の一里つか　一八九
けいせいのじせい無心のいゝおさめ　五一
けいせいのしやんと居りしもの思ひ　一五五
傾城のすねた言葉八きれゐ乙　五〇
傾城の誠の涙佛の日　一九一
外科の戸八せ八しく斗《リ》たゝかれる　一二三
下乗から日傘て包むお姫さま　二〇四
化粧せぬ役者のつめる鏡の間　二四二
けちなれんこん穴斗《リ》喰ツて居る　一二七
げんぞくの相談相手うつくしき　三六
見物の是八〳〵と花の江戸　五四

こ

恋しくも尋て来ない所へ迯　一一三
恋女房母の着物をきせるなり　八四
恋の糸口綻びをちよつと縫《イ》　一九八
恋のやミ娘八皃に灯をとぼし　二四五

恋のやみよりおもしろい恋の月　二七〇
孝行八風の柳のこゝろもち　二一九
香の煙施主八泪の片時雨　二一二
子か壱人出來てそれなりけりに成　一四七
ごく楽と此世の間《ィ》か五十間　一五三
心の錦紫の衣を辞し　二三七
心まちかき立る灯にむしも來す　一五五
心まち岸うつ浪のをとはかり　一五七
心まちをく齒にものゝある夜也　一五六
心を切《ﾘ》なをせとばくちのいけん　九八
こしかたを思ふなみた八耳へ入　一六三
御子そくへぐそうりかいをときませう　八〇
五十年よく納りし無筆なり　三二
御眞筆つまる所八銭の事　一五一
御造ゑいまた急度した稲光り　四三
言傳も端折て届く片田舎　二一一
琴になり下駄に成のも桐の運　一六二
琴の上白奐十すじかけあるき　九六
琴の音でさつき次第にきへるなり　七七
琴の音をさつばつにする美しさ　五八
言葉餘《ｯ》て意の足らぬ女同士　二一八
ことふきの天上天下つるとかめ　五六
小鳥やも一《ﾁ》日くふにおわれてる　九四
此ころ八しうしをかへて内にゐる　一五六
此ころ八母もおんなじよふにやみ　一九九
此酒八わしらが汗と作男　一九一
碁の坐敷勝負のついた音がする　一二六
碁の好《ｷ》ときらい二人《ﾘ》が淋《ｼ》がり　二〇〇
子のそだつまでと畠を作らせる　二四八
此つみを残《ﾃ》て置《ｷ》しおそろしさ　一九
木の間から夕日地蔵へ後光ほど　二一七
琥珀の光り硝子の猪口の酒　一七七
御肥満と誉て古着屋賣はづし　二三五
小仏の駅《ｷ》旅人の阿弥陀笠　二〇八
細《化》に見ても気のつきぬ書物なり　八八
御満悦奥様風呂の湯がこぼれ　二三六
込《ﾑ》中を押さずおされず角力取　一七七
米を舂水の流れで米をとぎ　一八五
小指てむすひ私とあのおとこ　一一九
こよりの人形なまめいた呪をとなえ　一七三
小撰《ﾘ》の人形《ﾀ》切《ﾚ》文の端で出来　一七四
こらへかね〳〵てのたんりよなり　四七
是八このあたりにすむと美しさ　八三
これ程の橋に人なし冬の月　一七九

ころんでもよごれない八と負《ケ》惜《ミ》　一二四
子を賣た金いなつまのやうにきえ　一五四
子をかりて淋《シ》さをだく夕間暮　一一四
子をきたながって娘八しかられる　六七
子をまびく村も蚕の育《ッ》音　二〇七
子を持て近所の犬の名をおぼへ　一五八
こん立《テ》に豆腐八時を失《シ》なはづ　一二〇
今夜の誹諧古句だと女房いゝ　一一五

さ

西行忌頃に妻乞ふ猫の恋　二四九
盃をうちわて渡《ス》すゞみ臺　四一
盃を取《ル》とそのまま赤くなり　六三
盃をいたゝいてのむ久しぶり　七一
さから八ぬ柳を庵の門印　二一五
咲かるゝ方《ゥ》八あかるし花の枝　一二二
桜より柳に習へ人心　一七八
さゝやき八はしらへ疵を付て行き　一六一
さすらひに見付て嬉し帰り花　二四〇
さそい人をまたせて四ツ五ツける　六三
さつぱりしたと瓢箪を捨た跡　二一六
さとつて八女八みんなみぢんなり　一七一
里の母今頃八もふ寐たかなり　一一四
様ゝの人か通て日かくれる　二六
さま〱の紙をとちたす旅日記　三三
淋しいも秋おどろくも秋の空　一二六
淋しさをかけ合になくきり〱す　二五
淋しさを人の脊中へこすり付《ヶ》　二六
五月雨に近所斗りの人とをり　五九
寒い事障子へ花を切て張《リ》　一二〇
寒《ム》そうな大将の出る宮芝居　二〇八
さむそうな人に関取《リ》礼をいゝ　八九
侍《ハ》はらのへるのもきれいなり　二九
さめ安き色香は廓の夢見草　一八八
小夜ふけて風情有げなしのびこま　一五六
洒す布鮎釣る夫《マ》と共かせぎ　二〇一
さられても仲人のつく美しさ　九一

し

思あんする肩に一すし縄すたれ　一五九
しあんするやうにおも荷をしよつて行　四三
しかつて八又ぽく〱と木魚うち　七三
叱《ッ》ても親の心は春の雪　二〇一
呵られて立《チ》かねて居美しさ　二六
叱られて母にちいさき角力取　一九九
しかられてもふ見くるしい三十九　三三

然れバといふ所から先をよみ　一五九
四季折ゝの花を見る御縁日　一二五
寂莫として先生八鰒を喰ひ　一四四
しけ〲と我か妻に飽ク五月雨　二二
四五ヶ村戸をたてさせる旅芝居　五五
地ごくにもりくつのわるい鬼八なし　二九
四五日の風を持出す庭掃除　二四四
四十一そろ〱こわく成リはじめ　四一
四十一ふせう〲に年を取り　三〇
師匠様一トかたまりにさけばせる　七〇
師匠ら臍から声を出せといふ　五三
紫蘇の葉が取リ持ッて遣る梅の色　一九四
紫蘇畑いろつや〱と雨か晴　一一九
仕立物煩う妻に着て見せる　三〇
七へん化顔にやるせ八なかりけり　二二
しづうかに行キなと目高うりおしへ　八六
しつかりとにきれ八うなぎゆびばかり　八一
知ッて居る腮だと見へて笠を取　二〇九
じつとして妹八あねにつくられる　六四
実名八しらず互に懇意也　一一一
品川も旅で泊れバ浪の音　一二五
死ぬ事をかるくうけをふ女あり　一六

師の恩ンの重き八軽き筆走り　一七七
師の恩八目と手と耳にいつ迄も　一二二
しのゝめの渡シにつり師五六人　八九
忍ぶ編笠知る眼に見通ふされ　二三九
忍ふ夜の蚊八たゝかれてそつと死ニ　一四六
芝の鐘とき〱海をまたきこし　三七
しほ風にもまれてふじの花八さき　八一
しまりの無ひ鐘の音池へひゞき　一二八
霜の中車でまゐる七五三　一二六
しやうのふゑこゞへたやうにふいて居る　七九
尺八を父の墓にてしばしふき　四八
重はこへおいしひこえがよりたかり　一六一
修復して安ッぽくなる古佛　二一〇
じゆしやもてんぐも風をくらつてにげる　八五
将棊好キ向こふの駒もならべたり　四〇
しよき見まひござ目のついた白にあひ　八五
初老の坂に迷ッた道が知れ　二〇九
しらかへのとをくへ見へるむらの寺　八九
しりながらさて行にくい直な道　一七五
素人の眞似してあそふ役者の子　四〇
心学の奥義は損をそんとせず　二〇五
眞實にはてなとば八なかりけり　一四九

真実のないもの共の面白さ　二〇四
しん実八淋しひ道を聞て行《キ》　三一
深窓に十有九年やしなわれ　一一二
人躰を見て塩をさすりやうり人　一四五
心中八ほめてやるのかたむけ也　一五四
しんの美になつてゆやからかへるなり　七八
神佛に御無沙汰中《ス》程の無事　二〇一
しんるいも銭の無《イ》の八むつましい　六〇

す

西瓜喰娘の口のむづかしさ　二一
すいつけて出すとたはこも恋になり　九九
すいと来て岩につまづく早瀬水　二四六
推量の通り花屋の桜なり　一二一
少しの善根車をおして遣《リ》　一二五
薄見る頃から雅ある秋の色　二三〇
すゞしさ八坐しきをぬける鐘の聲　一五七
すゝ取《リ》の顔を男にかくしけり　四五
すゞの音《ト》からりといふとひがとぼり　九二
すゝみ臺天八とふしたものといふ　一四三
涼臺蛍火ほどな火で煙草　二五〇
硯箱つかわぬ筆が五六本　一二七
すた〳〵にもやうを切《ル》八あわれなり　六五
炭賣の人をぬくめて身八寒し　二〇〇
すみ田川向ふに思ふ人があり　八〇
角力取赤子を抱て手がふるへ　一九五
角力取りゆらり〳〵でつよく見へ　四三
すりこ木のしづかに廻るとろゝ汁　一三〇
摺違ふ舟のりかへる春の蝶　二三七

せ

清濁で客をもてなす賑かさ　一一三
清貧の庵菜の花の金世界　二三四
清貧はつゞれをまとひ恩を着ず　一八四
せうしこし引《キ》たいやうなかけほうし　六一
せうし張男の心内へすき　三〇
関取《リ》が立《ッ》とすゞしい風がふき　七六
せきとりのこわ〳〵かけるすゞ見だい　九二
せきばくとして思ひつく無分別　六二
赤面で傘かりる天文者　一八六
絶景も埋れ木でいる片田舎　一八六
銭に成《ル》客をなまけてしかられる　六六
蟬の鳴く下《タ》に子ともが二三人　一二九
せみのなく下にはだかつ子が壱人《リ》　九三
芹摘の笊に田にしか十《ヲ》斗　一一七
先生とよばれてはやく死よふな　六七

先生の座敷四角に明《ケ》て置　三二
先生へいかゝと問へバそんなもの　一五九
せん僧にみらいをきけ八しりませぬ　九四
禅《ン》僧八浅草のりのすかた有り　三五
せん湯へ祭《リ》の顔を連レて入《ル》　一〇

そ

草庵へ皆持寄のひぢ枕　二一六
草庵へ村の頭痛を持て來《ル》　二四
掃除ずき角《ミ》でほうきのいそかしさ　四一
掃除を風にまかせてる峯の庵　一九七
相談を外《ト》へ持出す涼臺　一七五
象の歯を喰ふ種にする彫物師　二三一
そうれいのせめて天気をほめるなり　七五
ぞく名のまゝゆふれい八あらわれる　七三
そこら中あるくを妻のねかひなり　三七
訴状にも縁起の交る田舎寺　一七五
袖と袖指が物言ふさかな市　二四六
其穴を深くかくした象の耳　二四三
その女をにくミ其顔をにくまず　一一五
その女をにくみ其顔をにくまず　一五二
其気ては植ぬ柳か為に成《リ》　一一六
そのくせにかへろうとすりやかへしやせす　四九
その時の雷八其時なったけり　六一
そばを打《ッ》音《ト》もちそうの数に入り　五五
反りかへる風情の見へる鐘の音　二〇六
そり橋を先へ渡つて口をきゝ　一六〇
そろ〱と松をゆり込《ム》峯の月　一一〇

た

退屈さきのふもけふも水の音　二一四
たいくつのまゝにむけんのかねをきゝ　九七
大根八何れ世帯の料理草　一一〇
大《イ》そうに水《ヲ》うごかすほそひふね　八〇
大《イ》道《ウ》を袂のかすする美しさ　一二九
大佛八見るものにして尊まず　一五〇
たいまつもりちぎに持《テ》八けむつたく　一一九
薪から擂粉木を撰る艸の庵　二三三
瀧の芥流《レ》寄《ッ》ては又うたれ　二〇六
瀧の庵木茸洗ひ気侭酒　二三四
竹の子八ぬすまれてから番かつき　一四二
たしか生れた当座にと美しき　一二三
たゝかれてヂイツト堪へる煙草盆　二〇三
畳や八手の舞足のふむ所　一五二
たてよこにあゆのなかれる江戸の町　八三
たとへ忘れても女八汲ぬ川　一一二

たな經のうしろに母のかしこまり　七〇
たのむまじ時よりかはる人心　二一三
旅僧も枕気にする木賃宿　二二八
旅日記一日ましにかすり筆　二〇七
旅の蝿四五里行たり戻《ッ》たり　二五一
旅のるす日和の能《イ》をはなし合　四二
旅をする尼に佛の道を聞《キ》　二〇九
たましいの壱つふへたるきつねつき　五七
魂八夫をまたす寺へ行《キ》　三三
魂を居へる場もなきせまい胸　二三三
㚑棚に母の細工のはなれ駒　一六
魂棚八杉葉はあれど水斗《リ》　一九三
魂まつり別れし妻に盆の水　二二六
溜《メ》息《キ》の壱町つゝに美しさ　三六
たれぞ居《ル》やうに気ちがい物をいゝ　五一
段ゝと手に葉のしげる川柳　二二四
段ゝと左りの痩せる巻《キ》暦　一八三
短命なくせに長びく病ひ也　一一二

ち

近く見て景色にならぬ帆掛舩　二一四
ちかひころげいしやふうぞくあしくなり　八九
近《カ》道の有《ル》に廻《リ》を思ふ中　三八
父八柳母八さくらだとおもひ　一一一
茶の花は世のせわ事を葉にまかせ　一七四
茶や女せゝなけほとなかれの身　一四七
茶を好む人八身形も渋く見せ　二四一
蝶が来て操になる掾《ン》の猫　一九九
丁度つくまで噺きる渡し守り　二三四
町内をたばねて廻《ル》はやり風　六八
ちょつちょとつめる愛相のいゝ女　二二二
ちりぐるみ吸ふ八こぼした琥珀酒　一九八
ぢり〱とやけ付《ク》やうに油蝉　二二五
珍客を隅へ丸める針仕事　二四七

つ

づうてへに似合ず鯨やさしい眼　一九三
つき合に傘をもつてゝ雨やとり　九一
月影の竹名筆へ紙一《ト》重　二三七
月に邪广なれど日によき夏木立　二三四
月に村雲獨吟の咽へ痰　二二九
月花の雅中に雅あり酒の美味　二二四
月へなけ草へ捨たるおとりの手　一四三
月夜に顔をさらしてる美しさ　九〇
月をはくやうにすゝき八ほに出《テ》る　六二
つくりしつみもきへぬへしせかきふね　九〇

繕ひの無《イ》清貧の破《レ》衣　二四七
つゝじ見八つたの細道こへて行《キ》　七六
つまらなくなり死ぬ連《レ》をこしらへる　一二八
つまんだ手ぬらりとくさし葱の花　一八三
つみ草を手ぬくひへする出來こゝろ　九八
露を踏霧をわけゆく峯の寺　一七九
つらいめにあふほと恋にいぢか出來　三一
つらひ事たのむこかげに月がもる　八三
面《ラ》をふくらし子を愛す風車　二一四
釣《リ》鐘を夕日の覗く峯の寺　一八一
釣下手な竿に蜻蛉の一《ト》休ミ　二三六
釣瓶ほど下りて水汲む峰の寺　一九六
つれにして淋しいもの八妹なり　三八

て

てうちする手にみなし子の手向《ケ》草　八七
敵中へ後《ロ》を見せてはたらく歩　二三二
手先《キ》もきれる極寒の研盥　一八五
出た跡《ト》のしばらくさわぐ竹すだれ　八五
掌に塔をかざすや夏木立　二一八
てふ〳〵をとらへた指をきたなかる　一一〇
出水して流れの多い村質屋　二四二
出る度にいしやうあらため女房する　八二
手を打てバ諸國の珍味寄るが江戸　一八九
天下泰平見物か五六人　一一九
天と地の為に牛馬八あわれなり　一三四
天然の動き居眠る頭なり　一二一

と

十日程過《キ》るとつねのそらになり　六四
唐がらし淋しい膳の目を覚し　二三一
湯治風呂誰が肌ふれん貸浴衣　一八八
道中とゆめとをうるとのどかなり　九六
遠くから何そいゝたい立《チ》すかた　一一八
遠くから是八〳〵も桜色　二四〇
遠山を見て反りかへる大根引　二四四
通《リ》ぬけ無用で通《リ》抜がしれ　一六〇
とかまると地声に成て蟬八啼《キ》　一一七
時過《キ》時きたってやう〳〵と來る　九五
ときつくるさまあり今朝の鶏頭花　二四五
時々八げろ〳〵と詩をつくり　六八
何所となく凄い卒塔婆の流《レ》墨　二二一
何所見ても横道八ない倚人伝　一八二
ところてん壱つむすんて上へ置《キ》　八二
年のくれはなしの奥に春か有《リ》　一四四
年久し流行た羽織皺になり　二一七

年よりが又しかられる臺所 一九
年わすれ少シハやけもましるへし 四二
戸棚にこつそり神主の魂祭 二〇四
とちうからすかたの出來る遠ひ礼 五九
隣り同士梅を誉るも詩や發句 一八八
隣迄淋しがらせる糸車 一一四
どの道に帰る思案の橋でなし 一一一
とびのいた跡トへのろ〱ひきかいる 八七
とまり木へとまったやうな梟の文字 一七八
ともし火かきへてあたりに人も無シ 一一四
ともし火の度ゝきへる草の庵 三九
友達か帰ルと妻ハいふ気なり 四六
友たちに一トさほもどす渡し守り 七九
友達チの寄ルもさわるも二十四五 四五
鳥影と待身うたがふ桐一葉 二二八
鳥もなけかねもなれ〱ふられた夜 一五一
取ルものをとつて霞にまきれたり 六九
泥足のけいせい江戸の道をきゝ 八六

な

内證で叱る隣のいたづら子 二〇一
ないた日を笑ひにしての百年忌 七三
無ィ時ハ喰て居ながら有ル時は 一〇
長ィ文うなつく場所ハ一ト所 一五
ながされたよふに來て見るふじの花 七二
流れくる塵も通さぬ鴛鴦の中 一八〇
流レの末ハ川の字に寝ぬ女房 二〇九
亡キ人も彼岸桜にふり返り 二一二
泣キぼくろ女に有ルハおもしろい 三五
なくものハのこらすしんで百年忌 九一
投られてこゝろ替りのする鋏 一八八
仲人ハ雨までほめて帰るなり 一四五
なつかしひ文にハ筆をおしくとめ 三一
夏の客風をたゝんで暇乞 一九〇
撫てゆく地蔵の顔も三度笠 一九二
何ニが賣れたやら道具店でさしみ 一二四
何か物たらぬ雨夜のひとり酒 二一九
何一ツ分別も出ず冬籠リ 二三〇
何もかもみんな私かのみ込みさ 一一
何も無ひ方へハ道をかへぬなり 六九
何よりのこやし田畑へ人の汗 二四三
何を喰たらよからふと二日酔 一二四
生酔をふうわりうける花の幕 六五
泪にもほふづき程があれハこそ 七〇
なみ〱の筆でハ天ツへとゞきかね 七四

波のうつ音斗きく本望さ　一一一
南無女房ちゝをのませに化て來ひ　一四九
名も知らぬ木の葉枝折に旅日記　一八四
習たを後の師匠に邪广かられ　二五
形リに似ず象と鯨八やさしい目　二三一
なる場所でならぬも飛車の一器量　一五八
名をおしむ細工八時の気侭にし　一二
名をきいて折たも捨る夢珠沙花　二一七
なんきしたはなしの跡トて金の事　九五
なんでもと言ふとまごつくお持ちや店　一七七
なんとなく昼も淋しき高燈籠　二四九

に

仁王様ねじつて見ろの腕ツつき　四五
にきやかな方へたにん八道をかへ　六〇
握られた拳へ貰ふ師の手筋　二一七
にきりたい手へちよつほりとをしてやり　一四八
逃ケ疵で直もふミたをす賣具足　二〇二
逃込八蛍たすかる草の庵　二〇八
弐三年ほれて一度もものいわず　七四
二十五八おやじへそんをかけるとし　四七
似た人に馳走して遣ル恋病ィ　二八
似た人に半分解し笠の紐　二二三
女房か留守て一日さがし事　一一八
女房にほれて家内八しづかなり　四八
女房のはだもひへてる三年目　九八
女房八女ていしゆはおとこなり　三六
によつきりと落葉の中に石地蔵　一九四
にわか雨いぎやうのすかたあらわれる　七九
にわか雨戸をいろ〱に立テ見る　九三
にわか雨壱人〱の思ひつき　五三
鶏は屋根へ逃ケるかやつと也　一一七
人形のなみだ八人がこぼすなり　二一〇
人形へ情をうつして泣く娘　二四九
人間のかわをかぶつて礼に來る　七三
人間万事無心から中違ひ　一七六
人相を作つて金をかりに来る　一二七

ぬ

縫うそばで袖ばかり着て嬉しがり　一八六
ぬす人にほつ句をのそむ梅のはな　六八
ぬすまれた男長じゆのそうがあり　六八

ね

寐かへりて聞ケとも同シ水の音　三六
猫の眼と子供心や秋の空　一九〇
猫ぶしやうまたぐついでに伸をする　二〇九

寐そひれた夜八蔵をたて家をたて　一六一
ねそびれていつその事に飯を喰　一五八
ねだられて庵主がさがす花鋏　一七六
直をふんでゐると八見えぬ花作り　一七六

の

能舞臺のろり〳〵と急《キ》候　一八七
長閑さ八沖におんなのくるふ聲　一三〇
のどやかさ蔦のほそ道入らつしやり　六九
野の地蔵苔の衣に蔦の袈裟　二三六
野の宮に柏手ばかり物の音　二二一
延びをするごとくに凧の糸を賣　一一六
のほつても峠をしらぬ欲の道　一六三
のぼりまで川の字形の初節句　一七三
呑干たやうに野分の瓢酒　一九七
乗合のふね片むかす水車　一一八
海苔さら〳〵とおしもんで坊主そば　一七二
呑で来た清水見おろす峠茶屋　二四八

は

俳諧八いもだが表徳八立《ッ》派　一二五
蠅も居ず蚊もゐず淋し峯の寺　二三七
化された身振りで稼ぐこんにやく屋　一八三
はぎやもみちか本ぞんのよふな寺　八八
掃寄《セ》て捨るをしむ落椿　一九八
掃よせてをしむ椿の花の数　一九三
掃よせてをしむ紅葉の庭掃除　二〇五
はこばせて呑ふ斗《リ》に本をよみ　三五
葉櫻になつて折〻あぢな夢　一四八
芭蕉の葉尺取むしも草臥る　一八九
畑《ケ》中喰てもてんの打てなし　六七
果《タ》し状勇気をふるひ〳〵書《キ》　二三九
働く女房雨戸まで糸《ッ》屑　二〇六
初縁の箪笥引出しもチトきしミ　一七八
初氷《リ》わづかな塵《リ》の縁にしから　二〇六
初蛍一《ッ》まだ寝ぬ子へ土産　一九四
はつもの八かきねに雪のふるしふん　九二
はつ雪を煩う母へ盆で見せ　二一
初雪を少《ト》貰ふ手の美しさ　二三
花がうつむくと嵐がしやべる也　一一四
花曇《リ》傘入らず笠いらず　一九九
鼻筋が尻までとほるあまがひる　二〇二
花に來る客か今宵のあるじなり　六六
花の頃鐘突《キ》しばし手の後《レ》　二四五
花までの月日八長し菊の苗　二二五
花よりも人八落葉を見るかよい　一一七

はねつるへひるも虫の音聞ィてくみ　五六
母親に三百日の苦労あり　二七
母おやの袖にせわやく汐干かり　五二
羽二重のおもかけを着ルす浪人　九七
はらの立ッ時八こよりもかたく出來　二一
拂ひにも小銭の多い木賃宿　二二二
腹のへる時まで眠る春の雨　二四三
ぱらくと墓所の落葉に増哀レ　二一二
春の空だるそふにふる雨の脚　二〇三
春の花ひらけ八人の気を散し　二三八
春の日を壱丁老女のこすなり　八四
春の雪なづなの見へる程つもり　一二六
春を待爪屋に武者の勢ぞろひ　二一四
はんじやう八月のながめをせまくする　九〇
半分八枕へわける五十年　一五八
晩迄の空を請合ふ渡し守　一八二
半面ゾ美人片頬笑む冬の梅　二三九
晩をたのしんで一日笛をふき　一一五

ひ

硝子の金魚のやうな窓の美女　一八一
ひきうすの目八諸ロくをかみくたき　一一三
ひきかへる口上をいふすかたなり　三五
秘曲吹く社に消へる鬢の雪　二二九
瓢をすかす竹芝の軒すだれ　二三三
ひそくと廊下に㒵がとゞこほり　一五七
ひつそりとしてゆい言ッを聞イて居　四三
一ト足つゝにうれて行蛸のあし　一七二
一世界迯たこゝろて草の庵　二三八
人たちのする年礼の美しさ　五七
一ッ家八ゆきゝの人のたばこ盆　二一三
一ッ竈還俗の新世帯　二四二
一ッの㒵て百笑ふ美しさ　一二〇
人と魚地獄八板のうらおもて　二三五
人に物只やるにさへ下手かあり　一六二
人の子をツイ抱き上ヶるはなれ馬　二〇二
人の形リまだ定らぬ秋なかば　四四
人ト人ト八丸ルねで花の夜をあかし　九七
人寄セに門へ咲せる波の花　二四二
獨りうなづく仕立やの急仕事　一九一
壱人角力石八まさしく爰に有リ　一五
壱人ツヽつくねんとしてうつくしき　四三
壱人ものもらつたものをそこて喰ィ　五三
人をまつふりて鳥居に立すがた　五四
ひなまつりこれからかう八姉さんの　一四二

日のあたる戸八うつくしくかりられる　四一
ひの衣もへ立ッやうに風にあひ　六一
日の長さもふ手にさわる今朝の髭　二一五
碑の銘はよめぬ所へ一ト柄杓　一七四
百性のくらしの目だつ水車　九四
百姓八秋を淋しいものとせす　二三九
百姓八一トかたまりにしかられる　五一
百人で九十九人八病死なり　八三
百年忌うわさにきいた人斗り　九五
百年忌和尚おもたいしやれをいゝ　八一
百の賀に血筋斗リで大座敷　二一〇
百廿日程もかゝつて案じた詩　二二六
病身はとかくはなしをきく斗り　三八
病人だなとゝいたわる膳となり　六一
病人の数珠を友だちしかって來　三七
昼見ると行燈いつもよこれてる　二二一
廣き野を小鍋にたらぬ初蕨　二三六
貧家にも富家にも満る微塵芥　一九六
ひんのいゝ乞食が傘を借リている　一三〇
鬢へふる雪息て消藝の妙　二四一

ふ

風雅より無雅に興あり花の山　二〇七
風景に暑を寄つけぬ峠茶屋　二三八
風景を手に取て見る遠眼鏡　二二四
夫婦してきれいな所をはいて居る　一一八
ふうりんの音トをよつてるあつい事　一七六
ふうわりと重い豆腐の水放れ　二三五
ふきけせ八我ヶ身に戻ルかけほうし　四九
ぶきよふにつゞみを打ッとのどかなり　六九
不器量娘末期まで看病し　二二一
福引八おかしい中によくかあり　三二
不二山を下リると元トの夏になり　六七
不断無キ細道のつく山桜　二四三
ぶつこぼれそうなところに大工の茶　九八
佛師がたんせい木像へ髪を植　一九二
ぶつ〳〵といふて十万億土まて　一二
ぶつまね八にきりこふしへいきをかけ　一六〇
筆となる萩も枝垂レて砂へ文字　二三〇
筆も笠着たり脱だり初時雨　二三九
不動尊おかんでそして一トしあん　六一
舩風呂やけふ八向ふの岸で焚ク　一九五
舩斗雪の景色をのこす海　二二〇
文を見て行ヶはさしての用もなし　一一〇
冬籠り是も我友古屏風　二四六

冬籠《リ》実は此ころ苦しがり　一八六
ぶら下る蜘に見とれる軽業師　二一八
ぶら〳〵と瓢も邪广な夕桜　二三八
ふられたを四五年過《ギ》て咄《ス》なり　六五
ふられても〳〵も行《ク》美しさ　六二
振袖てゆつくり壱《リ》日を暮《シ》　二六
振袖に包《ミ》兼たるこぼれ梅　二〇三
ふり袖も内に居《ル》事二十年　一九
振向てから思ひ出す知《ッ》た人　一九四
古《ル》懐紙ならべてけちな書物店　二二三
ふる雪の白《キ》をみせぬ日本橋　一〇
ふろしきも今八何をかつゝむへき　一五三
ふろしきをとけ八かほちやと伯母の文　一六一

へ

下手の漕く舟も又よし夏の月　一九五
鼈甲に一《ッ》心《ッ》居へる女の眼　二四二
別荘の畳奇麗に古びてる　一九八
屁の玉の幽霊らしいの八しやぼん　一七四

ほ

奉加帳久しひ顔を持て來る　二〇
豊年《ン》八村てもよめをたんと取《リ》　三九
鬼灯八からくれないの秋の色　一九〇
ほうづきのころ〳〵とほうでなり　四六
ほころびた所から見へる山桜　一九〇
細道のだん〳〵太る花の山　二四一
蛍かり夜も一《ッ》くれ二《ッ》くれ　八九
蛍にも恥よ夜学の火とり虫　二〇八
仏《ケ》にも成そうにして鬼になり　一六
時鳥二《タ》声目に八かすかなり　六五
誉るの歟唇動く瀧の景　一八七
ほれたと八女のやふれかふれなり　一四七
惚て居るやうに女の主《ゥ》おもひ　一八〇
ほれられた日八一生の能《ィ》天気　三六
ホロリ〳〵と花の散る貝細工　二三四
本ふりに成て出て行雨やとり　一四四

ま

負《ケ》た方から投出す碁の勝負　二三〇
馬子ひる寐馬つくねんと立て居《ル》　八七
又つらまへてはなし亀〳〵　一一八
又なんぞいゝたい顔てしくれぞら　二三
まだ若《ィ》からとゆい言《ン》きれいなり　五五
町風に化て一日気をはらし　一五四
町なみの軒を縫ゝ飛ふ蛍　一一
町はつれさんまのひものならべてる　八四

待わびた日ほど置キたき花盛リ　二三六
待わびる耳へ蛙の声斗リ　一一二
待つ顔へさくらおり〱ちりかゝり　一五三
まづそうにそば喰口のうつくしさ　二〇
松葉に埋む燈籠の油皿　二一四
まな板を膳にして喰りやうり人　四二
招かぬに入日の残るゆふ紅葉　一八九
まゝ事に迄女房になりたかり　八五
まゝ母のひつからおにの面ンか出る　七五
豆の露からかたまりとなる豆腐　二四四
丸木橋子が手を引てわたすあや　二四八
間を見ては畑打鄙の渡し守　一八三
萬歳の笑八ぬ顔が猶おかし　二三二
まん中にぼんならざるか壱人リ居る　七四

み

みかんうりまけると五ッつゝつかみ　九八
ミくるしさ男と女二人リ居る　一二一
神輿蔵年に一度の鍵の音　二一三
操に八合鍵の無ィ恋の情　二〇七
水うりを取まいて居ル坂のうへ　九三
水桶へなけ込ム瓜のひよいと立チ　五五
水鳥の明日喰ふもの八明日ながれ　七一
水菜買ふ嫁にやさしき賣言葉　一九一
水の外ミな不自由な谷の寺　一七六
満汐に富士をだん〱岸へ寄　二四九
蜜談の中に火のない煙艸盆　二三一
みとり子八さられるおやの方へはひ　九〇
見に來ルか〱と日々にあらたなり　四六
身に花か咲カね八かよふ蝶もなし　一一
耳斗リ起て寝て居る犬や猫　一九三
妙のある僧に心の太刀を折り　一七九
見る程のものをほしかるこふく店　六三

む

無縁法界壁際に五六人　一五六
むかしからしれぬて人のいのち也　一五一
昔からまじめのやうに子を異見　二一六
麦飯で封じた文を廓で泣キ　一八〇
麦めしも昔シになれ八うまい事　一二
むしうりのむなしくかへるにきやかさ　八三
虫賣八折ゝ螢かきたてる　一二二
虫干に蔵も腑分の医学館　二三八
虫干の本屋ぬかるミ歩行やう　一八五
無心の雲立チ何となく一ト時雨　一八四
娘の墓へ殉死する京人形　二三一

むすんたらむすはれそうなおとりの手　五八
むら雀案山子の笠に雨舎《リ》　一九五
村中の智恵を集《メ》て仲直り　二二

め

名物をくふか無筆の道中記　一四六
飯が出てにぎやかになる旅の酒　二一〇
飯一《ト》口咄一《ト》くち旅もどり　二四六
目高うり又かいなよともをまける　六四
目て人をころすも女つみのうち　八二
目には見えねと打あわす浪の音《ト》　九七
目の中へねぢこむやうなたまこうり　五〇

も

最《ウ》よしと薬をのまぬ八十九　一二〇
木食の腹秋より八春淋し　二三五
もくねんとして思ひつくむふんべつ　八四
持《タ》やっとかくふわりとのらぬなり　五二
もてぬやつつれなく見えし別より　一五二
もの思ひ今言《ッ》たの八なんだとへ　二〇五
もの思ひうちわをおもく蝿を追《イ》　三九
物思ひ枝も葉もなき立姿　二二三
物おもひ琴とならんてよりかゝり　五〇
もの思ひ火鉢の掃除いつか出来　二一九
ものかゝぬ女淋しいあまの川　五九
物書ぬ手にもやさしき花造《リ》　二三一
紅葉ふく風桜ほどにくまれず　二〇二
模様から先《キ》へ女の年かより　二九
貰ひ人の札を附おく種瓢　二五〇
もらわれた夜八ことさらに美しひ　三九

や

やかましいわけ八二人《リ》がたにんなり　五九
約束に逢ず群集で淋しがり　二四七
焼土の瓦の匂ふ通りあめ　二七
やさしい中に大聲は京に鐘　一九六
安遊ひ父母八たゞ病ひをうれふ　一一五
やすらかに仮名文をかく糸桜　二二三
矢立出す野邊に土筆やすミれ草　二二五
宿下り田舎にまれな京草履　二三五
山越《シ》に小村の知れるどんどの火　二二七
山越しに母の無事聞く小夜砧　二〇四
山に色つけては風に聲か八り　一四三
山の風よけると月がさして来る　一二三
山彦と連《レ》立《ッ》て行村稽古　二二二
山壱つ越《シ》て古郷を思ひきり　四八
山ゝ谷ゞへめぐるくれのふみ　七六

やみあがりそろり／＼と紅粉がへり　一八
病上り梅の日向にうしろむき　二二〇
病上《ﾘ》ひと色つゝにゆるされる　三七
やみとなり雲と成たるおもしろさ　一五二
やみにあやあるて娘の門すゝみ　一四八

ゆ

遺言にむつかしひの八鍵《ｷ》壱《ｯ》　三二
遺言の壱人／＼にすごくなり　二四
遺言の金《ﾊ》あわれを消《ｼ》てのけ　三〇
遺言の次第／＼にひく／＼なり　四五
勇気りん／＼とふるへてる水行者　二四六
夕桜料理賣《ﾚ》切り申候　二二七
夕立は言事いふて元の空　二一六
夕立を四角に逃る丸の内　一四二
憂八貧《ﾝ》富家を拾《ｯ》て愛を捨　二一七
雪かきの一《ﾁ》番に出《ﾙ》たのもしさ　五七
行先八我さへ知らぬ僧の旅　一九二
雪空がはれると月の影がさし　一二九
雪の夜に川ばた柳水をのミ　一八九
雪の夜の料理手際も塩一味　二四七
雪の夜八炭を積《ﾝ》でも凌がれず　一八六
雪八しん／＼と猟人家を出る　一八七
雪見に八皆あたゝかな人たかり　三四
行末八誰肌ふれん紅の花　一四九
ゆたかさ八かゝしかくれんほうをする　九九
ゆづる子もなくつてとおいこゞとなり　九一
指三《ｯ》で葉二《ｯ》かんにたへた笛　二三七
夢さめてそこらあたりをさかして見　一六二
夢の世をあぢにとりなす宝舟　一二八
ゆるがせ八にこり／＼と角力とり　五八

よ

能女ふだんぶつちらかして居る　六二
能《ｨ》程に柳のうごくうらゝかさ　一二七
宵まつり盆に小豆の通《ﾘ》雨　一五一
養生に座敷を一《ﾁ》里あるきけり　一七
よく／＼見れ八ありふれた女なり　七七
よけさせ／＼せき取り市にたち　九一
よこ雲をつきぬひて居《ﾙ》不二の山　六三
横にして格子をいれるさくら草　一二九
世のうさをミな捨に来る花の山　二〇四
世の義理八人にしらせぬ花を折《ﾘ》　一〇
呼《ﾋ》声も高し峠のわすれもの　二〇〇
呼ぶ戻る戻る行呼ぶわかれ際　一七七
よみかけた所へ目かね八しまわれる　一六六

読かけのかげろふ栞ありやなし　二一三
読さした所が泊リの名所図絵　二二七
夜るの祭りに天狗面般若面　二四〇
夜の雪だまつてつもる独リ酒　一九二
夜より八昼見るための石とうろ　一五九
鎧をバ草に譲ッた古戦場　二三二
よわそふな形で敵を討に出る　一一三
世を捨た翌日淋しき膳の上　二一二
世を捨た身も欲の出るいゝ景色　二四五
世を捨て人に八這八ぬ蔦の庵　二一九

ら

雷雨はげしく僧正の身こしらへ　九七
樂人の不断八無藝らしく見へ　五〇
乱にをよんでしばられる花の下　一一六

り

離魂病寐覚淋しく全快し　二五〇
りやうり人両手てこわいのひをする　九三
両親もやしのふ白の美しさ　一一三
両の手であくひをぐつとさし上る　一六〇

れ

れて居てもれぬふりをしてられたがり　一四

ろ

廊下から秋を覚へる上草履　一五六
ろうがひ八美しそうな病気之　八五
蝋燭に骨を出させる強ィ風　一九〇
ろじ口に市をなしてる日本人ン　七七

わ

我が跡トのしばらくうこく縄すだれ　二一
我ヵ腕をわが手で持てのびをする　一一二
我心ぶら下てみる花の枝　一七二
我心白キを好む墨衣　一七四
我身から気後レの出る初白髪　一八五
わかむねとそうたんをして人になり　九六
我かもの丶やうにしちや八た丶むなり　四八
若やいでから気のしれぬ人か来る　六六
わたし守りしらんといふ八なさけなり　八一
詫人の跡へ後悔附て来る　二四三
笑はれぬ為に泣せる親の慈悲　一七八
笑ふたり又かくれたりまねいたり　四四
笑ふても〳〵またおかしかり　二五
我思ふ花へとまれぬ風の蝶　二〇六
我に雅があるともしらず梅の花　二〇一
我も迷ふやさま〴〵の利酒　二一八

著者略歴

東井　淳（とうい・じゅん）
本名　伊東　享司（いとう・たかし）
1942年2月　山形県米沢市生
1964年3月　東北大学工学部通信工学科卒業

現　在
東北学院大学工学部電気情報工学科助教授
川柳詩実験誌「オメガ」編集発行人

著　書
「川柳科学随筆・水車のうた」（創栄出版　平成元年）
「一句で綴る　川柳のあゆみ」（近代文芸社　平成6年）
「川柳を楽しむ」（葉文館出版　平成8年）（日本図書館協会選定図書）
「現代語訳　江戸川柳を味わう」（葉文館出版　平成12年）

現代語訳 江戸川柳の抒情を楽しむ

○

平成16年2月23日 発行

著　者
東　井　　淳

発行人
松　岡　恭　子

発行所
新　葉　館　出　版
大阪市東成区玉津1丁目9-16　4F　〒537-0023
TEL06-4259-3777　FAX06-4259-3888
http://shinyokan.ne.jp　E-Mail info@shinyokan.ne.jp

印刷所
FREE PLAN

○

定価はカバーに表示してあります。

ISBN4-86044-209-1